河出文庫

おらおらでひとりいぐも

若竹千佐子

河出書房新社

目次

おらおらでひとりいぐも

1

あいやぁ、おらの頭このごろ、なんぼがおがしくなってきたんでねべが
どうすっぺぇ、この先ひとりで、何如にすべがぁ
何如にもかじょにもしかたながっぺぇ
てしたごどねでば、なにそれぐれ
だいじょぶだ、おめには、おらがついでっから。おめとおらは最後まで一緒だがら
あいやぁ、そういうおめは誰なのよ
決まってっぺだら。おらだば、おめだ。おめだば、おらだ
桃子さんはさっきから堰を切ったように身内から湧き上がる東北弁丸出しの

声を聞きながらひとりお茶を啜っている。ズズ、ズズ。

桃子さんの脳内にだだ漏れる話し声とは別に、彼女の背後からかすかに音が響いていた。カシャカシャ、カシャカシャ。

静かな室内になんであれ音は思いの外大きく響く。

音は桃子さんの肩越し、椅子の背もたれのそば近く、ちょうど冷蔵庫と食器棚の間辺りから聞こえた。スーパーのビニール袋でも弄うような音だった。不快な音である。まったくもって耳障り。

カシャカシャ、カシャカシャ。

なのに少しも動ずる気配がなく、それに合わせて桃子さんはお茶を啜る。ズズ、ズズズ。

音の正体は後ろを振り向かなくても分かっている。ね・ず・み。

去年の秋、十六年一緒に住んだ老犬が身罷ってからというもの、屋根裏と言わず、床下と言わずけたたましい。ついに同一平面上に出没往来するところとなり、今日などはこうして明るいまっ昼間から。先住民の桃子さんを気遣ってか遠慮がちではあるが、音を醸すことに確固たる信念がある、ように聞こえる。部屋の隅の床の破れ穴から出たり入ったりかじったりつっついたり。さすがに桃子さんも見るほどの勇気はなくて、が、音だけなら慣れてしまえばけっこう平気なのだった。なにしろ桃子さん以外とんと人の気配の途絶えたこの家で、音は何であれ貴重である。最初は迷惑千万厭うていたが、今となればむしろ音が途絶え部屋中がしんと静まり返るのを恐れた。

　湯呑み茶碗をひねりながらひと啜り、絡めた指先がじんわり温まる心地よさを感じながらまたひと啜り、惰性でもうひと啜りとお茶を飲む。何とはなし手を見る。使い込んだ手である。子供のころ、ばっちゃの手の甲を撫でてさすって引っ張って、おまけにくるんとつねってみたことがある。血管の浮き出た手の甲にへばり付いた厚い皮はびっくりするほどよく伸びた。少しも痛くないと言った、というか痛くない。骨ばって大ぶりのガサガサした手だった。今その手が目の前にある。こんな日が来るとは思わなかった。天井に向けて声が漏れ、目は代わり映えのしない部屋の中を、焦点の定まらないままぐるっとひと泳ぎした。

ここは何もかもが古びてあめ色に煮染まったような部屋である。

庭に面した南面は障子で、その前を壁からもう一方の壁までロープが張られている。そこに半そでのワンピースに冬のコート、クリーニングに出してビニール袋がかけられたままの服、バスタオル、ひょっとしたらさっきまで穿いていたのではと思わせるようなジッパーがだらしなくゆがんだスカート、隣に干し柿が四連ぶら下がり、その向こうに荒縄で括られた新巻鮭が半身、バランスを失って風もないのに揺れている。その間を縫って三月の午後の浅い光が届いていた。

西側の壁面には年代ものの衣装簞笥、仏壇、割れたガラス戸を蜘蛛の巣状にテープで補修した食器棚、隣にある冷蔵庫の扉は子供が貼ったシールを半分はがして断念したに違いない。東側に簡易ベッド、大きく張り出した出窓、その上に、コードをぐるぐると鉢巻のように巻いたテレビ、その脇の袋詰めのみかん、飲み止しの一升瓶、空き缶に差した筆記用具、はさみ、糊の類、それにけっこう大き目の卓上用の鏡などが載っている。ところどころ擦り切れたフローリングの床には古本古雑誌が山積み。部屋の北側にシンク、そばに鍋釜茶碗、桃子さんが肘を突いている四人掛けのテーブルは、さっき腕でひと払いして、ポットと急須湯呑み、それにお茶請けの塩せんべいを載せるスペースは、なんとか確保したらしいという態で、あとはひとやまごちゃごちゃに盛ってある。椅子だって残りの三脚は、もはや荷物を載せる台と化している。

　まったく雑然としてはいるが、混沌の中の秩序というか、名より実をとるというか、見栄えはともかく実用一点張りの、なにしろ衣食住すべてこの部屋一つで用が足せそうで、これはこれで案外使い勝手が良いのかも、と思わせる雰囲気もある。まぁ、人にもよるが。むろん、この家はこの部屋一つではなくて、隣には応接間などというけっこうな代物もあるにはあるが、とうの昔に物置と化していて、使えるのは二階の寝室とこの部屋だけ。その二階に上がるのも時に面倒なくらいで、三日に一度は、着古して膝の抜けたジャージの上下のまま、寝巻き、起き巻きひと巻き、などと叫んで簡易ベッドに潜り込むほどなのである。

桃子さんは相変わらずお茶を啜る。背中でも例の音。

ズズ、ズズ、カシャカシャ、カシャカシャ、

ズズ、カシャ、ズズ、カシャ、ズズカシャ、ズズカシャ、

おまけに頭の中では、

オラダバオメダ、オメダバオラダ、オラダバオメダ、オメダバオラダ、オラダバオメダ、

際限なく内から外から、音というか声というか、重低音でせめぎあい重なり合って、まるでジャズのセッションのよう。といって桃子さんは格別ジャズに詳(くわ)しいというわけでもない。だいたい音楽全般何の素養もない。それでも桃子さんはジャズに一方(ひとかた)ならぬ恩義があると感じている。桃子さんが悲しみを得たとき、ありふれた世間によくある態の悲しみだとしても、本人にしてみれば天地がひっくり返るほどの大衝撃、その悲しみに震(ふる)え上がっていたとき、ラジオ

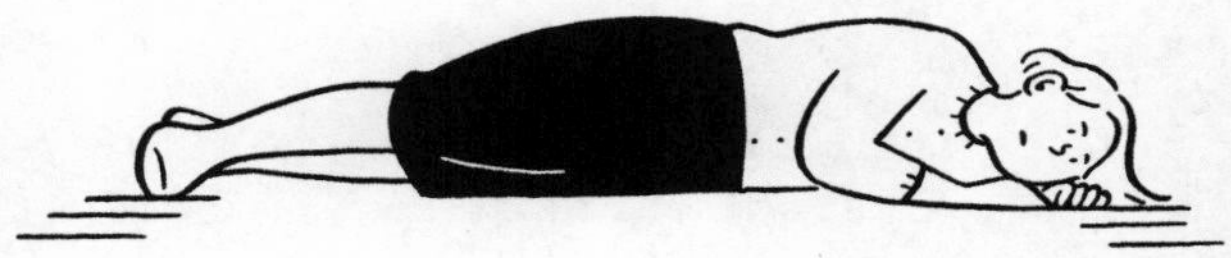

からジャズが流れた。すでに歌詞のある曲は受け付けなかった。クラシックは悲しみをいや増した。そんな中で聞いたジャズ。いまだにその曲が誰の何という曲なのか知らないが、悲しみではちきれそうになっていた頭を、内側からガシガシとはたかれた気がした。

囲っていた悲しみが飛び出した。

自然に手が動き、足が床を踏み鳴らし、腰をくねらせ、気が付けば狂ったように体を動かしていた。ジャズの律動と桃子さんのドタバタが相呼応（あいこおう）した、勝手気ままのどでなし踊り。それが心地よかった。ちょうど土砂降りの雨の日で、それをいいことに雨戸も開けない薄暗がりの家の中で、雨戸と雨戸の隙間（すきま）から直線の明るみだけが薄く障子越しに届いていた。体をがむしゃらに動かすと熱くて息苦しくて一枚また一枚と服を脱いで、真新しい仏壇の前で、真っ裸で踊っていた日を桃子さんは忘れていない。

桃子さんの故郷では吐（は）き出すと言わない。吐（ほ）き出すと言う。「は」では弱い気がする。「ほ」には意志と力感がこもっているではないか。あの日桃子さんはたとえ束の間であれ、悲しみを振り払い投げ捨てた。文字通り吐き出したのである。あのときのジャズは有難かった。もっとも当時は世間にたいして遠慮があった。小さくなっていた。今桃子さんは、あの頃の卑屈を叱る。どうせならもっと大音量でラジオを流せばよかったし、どうせなら雨戸を開けはなして、明るいところで堂々と踊ればよかった。

んだべが。

今、内から外からジャズを感じても、あの頃のようには体が動かない。せいぜい湯呑みを持つ左手人差し指の先がわななく程度である。年のせいだと思いたくないが。

だが今頭の中主要な話題は、ジャズではないのだ。ではいったいなんだったのだろう。

頭の中がもやもやする。もっと他に考えなければならないことがあった気がするのだが、思い出せない。はて。

桃子さんもうすうす感づいているのだが、桃子さんの思考は飛ぶのである。

脈絡も無く細切れの思考がここかと思えばまたあちら、行ったり来たり。とらえどころが無い。

年のせいだべが。いや違う。何もかも年のせいにするのはよくないんだば、あれのせいだ。長年の主婦という暮らし。

どういうこと。長ったるい変化のない暮らしがどうして思考が飛ぶ原因になるのか。

次第に桃子さんの心の中、問いが生まれまたそれに答え、あちこち声の応酬が始まる。性別不詳、年齢不詳、おまけに使う言葉もばらばらな様々な声がある。体は動かなくなったが、いやむしろ動かなくなったせいで、その不足を解消するようにでも塩梅するのか、心の声この頃ますます自在なのだった。

主婦の仕事は多様でかつ細切れである。常にあれもしつつこれもしなければならない、と一本調子で言う声あれば、

たとえばぁ。じれったくイラついた声で、

一日中、木を切っている与作さんとは違うべ。

ずいぶん古い用例でねが。と別の声。

ほだ。それに女房は機（はた）を織ってるべしたら。

ほでねでば。与作と同じ時間だけ機を織っていたとは考えにぐべ。泣く子に乳を与えながら、そろそろ姑（しゅうとめ）の汚れた下（しも）を取り替えねばと考えつつ、晩のお菜（さい）はなんにすべなどと考えていたことは、想像に難（かた）くねのす。常にあれもし、これもすることを求められれば、つい考えは飛び飛びになるべしたら。

それだでば。おらの考えてごどはそれだ。

ああ確かに。飛び飛びで細切れの逃げる思考を捕まえるのは容易でないが、それでも年齢からすれば今がまとまってものを考える、絶好かつ最後のチャンスかもしれない。あと何年。とにかくこの状態を維持しながら、あと何年生きられるか。んだ。これからは常に逆算して、ものを考えなければならないのであって。

んだんだ。それそれ。いや違うでば。

様々の声が飛び交い、

おらが考えたいことはこの溢れる東北弁のことだ、

とひときわ大きな声がする。

その声に深く肯んずるところもあり、あれやこれや話題が掠める中、この東北弁関連が喫緊の話題なのだ、と桃子さんはやっと気付くのである。

改めて桃子さんは考える。今頃になっていったい何故東北弁なのだろう。満二十四のときに故郷を離れてかれこれ五十年、日常会話も内なる思考の言葉も標準語で通してきたつもりだ。なのに今、東北弁丸出しの言葉が心の中に氾濫している。というか、いつの間にか東北弁でものを考えている。晩げなのおかずは何にすべから、おらどはいったい何者だべ、まで卑近も抽象も、たまげだごとにこの頃は全部東北弁でなのだ。というか、有り体にいえば、おらの心の内側で誰かがおらに話しかけてくる。東北弁で。それも一人や二人ではね、大勢の人がいる。おらの思考は、今やその大勢の人がたの会話で成り立っている。それをおらの考えど言っていいもんだがどうだが。たしかにおらの心の内側で起こっていることで、話し手もおらだし、聞き手もおらなんだが、なんだがおらは皮だ、皮にすぎねど思ってしまう。おらという皮で囲ったあの人がたはいったい誰なんだが。ついおめだば誰だ、と聞いてしまう。おらの心の内側にどやって住んでんだが。あ、そだ。小腸の柔毛突起のよでねべが。んだ、おらの心のうちは密生した無数の柔毛突起で覆われてんだ。ふだんはふわりふわりとあっちゃにこっちゃに揺らいでいて、おらに何か言うときだけそこだけ肥大してもの言うイメージ。おらは困っているども、案外やんたぐね。それでもいい、おらの心がおらに乗っ取られでも。

桃子さんはあさってのほうを見ながらうふうふと笑い、ふいと肩越しに目を転ずれば、例によってカシャカシャと聞こえる、聞こえたような気がした。そうすると、桃子さん、今までの思考をころっと忘れる。まったく桃子さんの思考は長持ちしない。二三歩歩けば方向転換する鶏のように、すぐに話題がかわってしまう。取り留めなく、次から次に、今だってもうねずみとのある種友愛関係を考えている。あの頃はこうじゃなかったと思う。あの頃っていづよ。あの頃がいっぺありすぎてさ、心のうちの誰かが半畳を入れた。

実は桃子さん、かつてはねずみどころか、ゴキブリ、げじげじの類を見れば、良人（おっと）も驚くほどの叫声（きょうせい）を上げてこれを呼ばい、押っ取り刀で駆けつけてやっつけてくれるかの人を後ろから惚れ惚れ（ほぼ）と見つめ、こわがりつつも指の隙間から敵の正体も見る。それを見て興に乗った男、わざと女の目の前に持ってくる。たまらず女は逃げる。と、男ますます興に乗り追いかけて、ほれ、ほれと振り子のようにちらつかせる。女、やめて、いやんと嬌声（きょうせい）を上げる。まぁ桃子さんにも、そんな時代があったのである。

さりながら、時至り、夫なる人も隠れては、どんなに叫んでも何にもならない。そうなると涙振り払い、桃子さん自ら新聞紙丸めて、それも間に合わないときはスリッパのかかとでもって、思いっきり引っぱたく、命中すれば大いに快哉（かいさい）を叫び、自分にも獣（じゅう）の本性まごうことなくあったわいなどと納得し、ふつふつとたぎるものに喜んだりしたものだった。それが今はどうよ。近頃はまったくそんな気も起きぎねのは、ねずみの醸す音のせいだけでねべも、いったいおらのどんな心境の変化なんだか、と誰かが言い、すぐにまた話題は転じて、だどもなして今頃東北弁だべ。そもそもおらにとって東北弁とは何なんだべ、と別の誰かが問う。そこにしずしずと言ってみれば人品穏やかな老婦人のごとき柔毛突起現れ、さも教え諭すという口ぶりで、東北弁とは、といったん口ごもりそれから案外すらすらと、東北弁とは最古層のおらそのものである。もしくは最古層のおらを汲み上げるストローのごときものである、と言う。

人の心は一筋縄ではいがねのす。人の心には何層にもわたる層がある。生まれたでの赤ん坊の目で見えている原基おらの層と、後から生きんがために採用したあれこれのおらの層、教えてもらったどいうか、教え込まされたどいうか、こうせねばなんね、ああでねばわがねという常識だのなんだのかんだの、自分で選んだと見せかけて選ばされてしまった世知だのが付与堆積して、分厚く重なった層があるわけで、つまりは地球にあるプレートどいうものはおらの心にもあるのでがすな。おらしみじみ思うども、何事も単品では存在しね。必ず類似模倣するものがあるわけで、地球とおらも壮大な相似形を為すのでがす。で、おらどの心にもあるプレートの東北弁はその最古層、言ってみれば手つかずの秘境に、原初の風景としてイメージのように漂っているのでがす。そったに深いど手が届かないがどいうど、そでもねぐ、おらは、おらが、と一声呼びかければ、漂うイメージそわそわと凝集凝結して言葉となり、手つかずの秘境の心蘇る。ちょうど、わたしが、と呼びかければ体裁のいい、着飾った上っ面のおらが出てくるように。それどいうのも、主語は述語を規定するのでがす。主語を選べばその層の述語なり、思いなりが立ち現れるのす。んだがら東北弁がある限り、ある意味恐ろしいごどだども、おらが顕わになるのだす、そでねべが。

はぁ、なにそれ。横合いから声が上がる。

おめだの周造が、というごどはおらどの周造のごどだども、よく言ってだっけが、おめはんは簡単なごどをわざとむずかしく喋る。おめはんは考えすぎなんだ。東北弁は単に郷愁にすぎねでば。それにうなずくもの多く、やっぱりこの期に及んで東北弁が出てきたのは言わば懐旧の情であろうと、いったんは断じ納得する。しかしすぐにそんな単純なもんだべが、おらと東北弁は尋常一様の間柄でねぇと反論も生まれ、一同来し方に思いを巡らす。

そもそも、桃子さんが東北弁を強烈に意識しだしたのは小学校一年生のとき、一人称の発声においてであった。それまでは何の不思議もなく周りのみんなと同じく、おら、と言っていた。性差など関係なかった。それが、教科書で僕という言葉やわたしという言葉を知ったときの、あやっという感覚。おら、という言葉がずいぶん田舎(いなか)じみてというか、はっきり言えばかっこわるく感じられた。ならば、わたしと言えばいいかというと、問題はそんたに簡単でね。その言葉を使ったとだん、気取っているような、自分が自分でねぐ違う人になったような、喉(のど)に魚の骨がひっかかったような違和感があった。喉に引っかかった魚の骨ならばご飯をげろ飲みすればすぐ治るども、心に引っかかった言葉だば、いつまでたってもいづいのす。苦しくてたまらない。

あれは今考えても、一種の踏み絵であった。試されているような気がした。都会に対する憧れ(あこが)れ、わたしという言葉を使ってみたい。だども、わたしという言葉を使ったら、自分の住むこの町の空気というか風というか、おらを取り囲む花だの木だの、人だの人のつながりだのを、足蹴（あしげ）にするような裏切りの気分が足首のあだりから、そわそわど立ち上がってくるようでおぢづかね、それよりなにより肝心要（かなめ）の自分の呼び名がふらつぐようでは、おらこの先どうなってしまんだべが、だらしなぐあっちゃこっちゃ心が揺れる人になりかねねぇ、そういう恐れが桃子さんの子供心にたしかにあったのだった。

あの頃がらおら東北弁に対して素直になれねのす。好ぎなのに好ぎと言えないもどかしさ、嫌いなのにやんたど言えないいじれったさみでな、だどもそんなこといちいち考えていたら一切、喋べこどできねがら、どんと蓋（ふた）をしてその上にどっかり腰を下ろしてさ、と桃子さんの内の誰かが言った。このあたりからめいめい勝手なことを言い出して、なぁにい、いんでねぇの。人生の半ばを過ぎてというか、だいぶあっちゃに近づいて、そんなこだわりころっと捨てでとのんびり言う者あれば、んだ、東北弁丸出しで何悪いと怒る者あり、そうかと思えば、おら楽しいもん。心の中の声聞けば、まんで井戸端会議の中にすっぽど入ったみでで面白い、これだば孤独であっても孤独でねぐ、あるいはそれでもいいような、そんな気分にさしてくれると言い、ひょっとしたらこれは一人暮らしの無聊を慰めるために、脳が考え出した一つの防衛機序ではあるまいか、とまとめたがりのやつがものを言い、それら全部をなぎ払うように、んだどもこれが正常のごどだべか、と大きな声を出したのがいる。

頭の中に大勢の人がいるなぞと、これはもしかしたら認知症の初期症状でねが。だんだん意識と現実の区別が付かなくなって、頭の中の人がたが現実の中に出てきて、人前で平気でああだのこうだの喋べ繰り回すようになったら、おしょすでねが。あぁ、恥ずがしい。頭がおかしくなったら、この先一人でどやって暮らす。こまったぁどうすんべぇ。

無数の柔毛突起束ねるところの桃子さん、別に言えば、桃子さんの肉体と直結するところの桃子さん、桃子さんの言葉を借りれば皮に過ぎない桃子さんの、あぁややこしい、ざっくり言えば桃子さん本体の目が泳いで遠くを見る目つきになった。

ほんとだ、どうしよう。

そのとき、桃子さんの心の内側を、左から右にさっと横切る女がいる。髪をひっつめに結い、襟元（えりもと）をきつく掻（か）き合わせ、そこに手ぬぐいを渡したかなり年配の女である。その女振り向きざまに、桃子さんを睨（ね）めあげるように見つめ、おらの眼（まなぐ）は開（あ）いだるが、ほんとうに開（あ）いだるが、と言った。あやっ、ばっちゃ、何で今頃、と声をかけると、それには答えず、またおらのまなぐは開いだるが、ほんとうに開いだるが、と聞く。子供のころのようにうん、開いでる、開いでるってば、と強く言うととぎれとぎれに、そうが、と言ってため息をつき、すうといなくなった。

またばっちゃが出てきた。

字を書くのも箸（はし）の持ち方ひとつさえ、たいていのことはこの人に教わった。桃子さんには懐かしい祖母なのである。いつも着物を縫っていた。和裁の腕前相当な人で、近隣の呉服屋から頼まれた高価な着物ばかりを一手に引き受けていたのだった。祖母がはぎれでこしらえたお手玉は近所の誰のよりも立派で美しく、はて、あのお手玉はどこさいったべ。立ち上がりかける桃子さんに、なにぃ七十年も前のだぞ。もはや影も形もねべ、と引き留めるものあり。何そんなに経ってしまったのが、という驚きの声。心の声大勢で、経ってしまったのす。そうが、そんなにが、という声、声。心中にわかにかまびすしい。その声の間を縫って、

　ばっちゃ、かわいそうだったな。白内障で目が見えなくなったのが信じられながったんだ。大きく目を見開いて白く濁（にご）った目見せで、何度も聞くもんだから、おら邪険にしてしまった。あのときは、小さくて分がらながったが、何もできなくなるのが何ぼか心細かったが。

同じだな。この先何如（なんじょ）になるべが。不安はおらばり、つまりおらばかりでねのす。同じだ。たいていのことは繰り返すんだな。ばっちゃとおらは七十年隔てた道連れだな。

　おらばりでないおん。なんとかなるおん。桃子さんは言葉を繰り返した。その上になるようにしかならないという諦観（ていかん）を薄く敷き詰めた。これ以上暴（あば）れな

いように。

ところでさぁ、スリッパのかかとぶん回さなくなったのは、また別のところから声がする。いっぱしの若者気取りの柔毛突起である。その声に長老風のがしゃしゃり出て答えて言い条。つまりは、何だ。おらは思い知らされだ訳よ。生ぎでぐのはほんとは悲しいごどなんだと。それまでのおらは努力すれば何とかなる、道は開けると思ってだった。

そういうものの信頼の上に、おらどの生活は成り立っていだ。今はたどえ暗くあったどしても、今を耐えて未来に頼むどいうか、だども、あのどぎがら。あのどぎっていづよ。あのどぎだばあのどぎよ、恐れていだ最悪のごどが起こってしまったあのどぎよ。おらは重々分がったのさ。この世にはどうにも仕方がない、どうしようもねごどがあるんだ、その前では、どんな努力も下手なあがきも一切通用しねってごどがわがった。それがわがったらば、手に入れるためだの、勝ち取るためだのにあくせくする生ぎ方が、まんで見当違いなごどに力ば入れでるように見えでしょうがねのす。まぁ人間の無力を思い知らされたわげで、この世は絶望づ壁がある。したども一回それを認めでしまえば、これで案外楽でねがと、おらは思ったわげで、そこに至るまでの身の処し方を考えればいいどいうごどになる。あれがらおらはすっかど、別の人になってまった。

あのどぎの前と後ではおらはもう全然違う。おらは強くなったさ。おらは人生上の大波をかっ食らったあどの人なのよ。二波三波の波など少しもおっかなぐねんだ。ただ祈って待でばいいんだ。

はぁ、さっぱり分がんね、何言ってんだが。怪訝な様子で若者は引き下がる。

長老風のはなおもしみじみと、人もねずみもゴキブリも大差がね、みんな、ああもしい、こうもしながら、待つとはなしに待っている同じ仲間でねが。なあんだ、みんな一緒だどおらは気付いたんだ。

まわりから、独りよがりの話は止めでけろ、もっと分がり易ぐ話せじゃ、という声がして、長老風、頭を抱えて引き下がった。

心の内側をしげしげと覗き込んでいた表層の桃子さんはふっ、なんともいえない顔をして笑った。

いつのまにか、干し柿とバスタオルの間からこぼれていた弱い光が消え、あたりは淡い暮色に包まれ始めた。この時分になると桃子さんはいつもの見慣れた、それでいて手ごわい寂(さび)しさに襲われる。

湯呑みに残った冷えたお茶をゆっくりと飲み干した。

夜がまた来る、思い出つれて、と一節(ひとふし)低く唸(うな)り、この歌詞をおらほど深く理解している人間が他にいるだろうか、と十年一日の繰り言を言った。

そのとき、後ろから（ふ）とも（へ）ともつかぬ音が聞こえた。今までのプラスチックをこすり合わせるような無機質の音とは明らかに違う、どこか人間的な、音ではなくて声だった。

驚いた桃子さんはそのとき初めて、音の主をこの眼で確かめようという気になった。このところ部分入れ歯に当たって痛いのが嫌さに、二日ばかり放置して十分に湿気らせた塩せんべいのかけらを、後ろを振り向きもせずに肩越しに放った。

湿気たせんべいは湿気た音を立てて床に落ちた。つかの間の静寂のあと、タイミングを見計らい、一、二、三と心で号令を発しながら後ろを振り返った。見えた、いや、見えた気がした。青みがかった灰色の背中から腹にかけて、それに細い尻尾まで、確かに目の前を通り過ぎたような気がするのだった。

もっと。それには、首から上を傾げてという体勢はいかにも窮屈だったので、体ごと座り直してもっとよく見ようと思った。頭の中には大勢の人がいる。もはや何でもありな気がして、ひょっとしたらねずみとも会話できる、そんな夢想もして、切っ掛けに腿の辺りを両手で勢いよくはたいて、その反動でもって立ち上がろうとした。パンと小気味いい若い音がするはずだったのに、なんだか景気の悪い湿った音。床の上はこぼれたせんべいのかけらが散らばっているだけで、もちろんねずみが待っているはずもなく、桃子さんはしばらくぼうっと突っ立って、自分の子供染みた発想を笑った。自分に寄り添ってくれるのは所詮忍び寄る老いだけ、ああ、おらはひとりでまっちゃ、ひとりはさびしいでまっちゃ、繰り言が心に溢れて止まらなくなった。とたん、おらおらおら、ちょっと目を離すとすぐこれだ。おめだば、すぐ思考停止して手あかのついた言葉に自分ば寄せる。何が忍び寄る老い、なにがひとりはさびしい。それはおめの本心が。それはおめが考えたごどだが。突如怒れる柔毛突起一騎現れ、盛んにまくしたてる。

はぁ、なにそれ、いちいちうるさい。これに反応する桃子さん本体、並びに守旧派の柔毛突起。

当たり前ど思っているごどを疑え、常識に引きずられるな、楽なほうに逃げんな、何のための東北弁だ。われの心に直結するために出張ってきたのだぞ。

おらあふあふ。ついにたまらず桃子さん、思考を強引に遮断(しゃだん)する。

……先カンブリア代古生代カンブリア紀オルドビス紀シルル紀デボン紀石炭紀ペルム紀、中生代三畳紀ジュラ紀白亜紀、新生代古第三紀新第三紀第四紀、先カンブリア代古生代カンブリア紀……

息を詰めて無表情に言葉を繰り出した。

桃子さんは、都合が悪くなったり、いたたまれなくてぎりぎりのとき、その感情を押し込めるためにというか、なんとか目先を変えるために呪文（じゅもん）のようにぶつぶつと呟（つぶや）く。

無礼な柔毛突起の言など最初から聞かなかったようにして、昂然（こうぜん）と歩き始めた。

桃子さんは実は地球四十六億年の歴史なる読み物が大好きなのだった。テレビのドキュメンタリー番組を見てからすっかりはまってしまい、この種の番組で聞きかじったことはカレンダーの裏のまっ白なところにいちいちメモし、図書館にも通って情報を仕入れ、分かったことは全部大学ノートに清書する。件（くだん）の呪文はそのときの副産物。帳面に何か書きつけていれば有頂天だった子供の時分から、いいかげんばあさんになった今でも、何かを書いている自分が好きなのだった。だから桃子さんは現代が二百六十万年前から続く氷河時代のただなかにあることも、一万年前からは比較的温暖な間氷期にあるということも知っている。分かっているといってももちろん言葉の上だけのことで、どのような状況なのか今イチ想像がつかない。だから間氷期と言えば、梅桃桜タンポポいちどきに咲き、寒さで硬くいからした肩の力がほどける故郷の春を思い浮かべるのだった。

それはいいとして、細かな字でぎっしりと書いた大学ノートを満員電車の窮屈な座席でこれ見よがしに押し広げ、さも忙しげにこれを読むなんてことも平気でするのである。

桃子さんはゆっくりと歩き、この家に濃く太く引かれた見えない動線を忠実にたどって、廊下に抜けるドアを開け階段を上った。階段の先に小さな踊り場がある。一方は窓一方は壁である。壁には古ぼけた一枚カレンダーが貼ってあり、端に小さく1975年と印字してあった。その頃はこの家に移り住んでまもなく、小さい子供を二人抱え張り切っていた、いわば桃子さん宴(うたげ)のときである。

煤(すす)けたカレンダーには、何千何万ものフラミンゴの大群が今まさに飛び立とうとしている水辺の絵が載っている。先頭の一羽が飛び立ち、その足跡が水面にくっきりとした波紋をつけている。それに気付いた第二集団が羽を広げ今まさに水を蹴(け)っている。その後ろにも無数のフラミンゴの群れ、群れがいる。この絵を初めて見たとき、自分はどのへんだろうと桃子さんは思った。桃色の煙にしか見えないあたり、まだ先頭の羽音に気付いていなくて、のんびり水草をつついている。そこに自分はいるのだろう。

今もそのカレンダーをちらりと見て、それから大きく窓を開け放した。三月のまだ肌寒い風と一緒に梅の香りが漂ってきた。三軒先の空き家の梅が今年もまた咲いている。あるじなしとて、条件反射のように思い浮かぶ句に小さく首を振って、窓枠に頬杖(ほおづえ)をついて目線を遠くへ移した。ここから桃子さんの住む町が一望できた。遠く田園の向こうの低い山並みが薄闇に連なっている。点在する森や林立するビルの間に高速道路も垣間見える。その道のずっと先を辿(たど)れば桃子さんの故郷の町にも繋(つな)がっているはずだった。桃子さんはことあるごとにこの風景を眺(なが)め続けてきた。ふいに四十年だぞ、ひどくぐに四十年。四十年ここで暮らした、感に堪(た)えないといった声がそちこちに上がった。

桃子さんの住んでいるところは郊外のいわゆる新興住宅地である。

都市近郊の丘陵を切り開き、碁盤(ごばん)の目のようにきっちりと区画したひな壇に整然と立ち並ぶ同じような家並み、桃子さんの家は高からず低からずその中腹にある。家の前の思いのほか急坂を下ればかつてはスーパーがあった。若い頃の桃子さんは自転車の前と後ろに子供を乗せ坂を下りて買い物をし、ハンドルの両脇に買い物袋をぶら下げてまた一息に駆け上るという芸当もやってのけた。

あの頃の桃子さんは自分の老いを想像したことがあっただろうか。ましてや、独り老いるなどということを一度たりとも考えたことがあっただろうか。

何にも知らなかったじゃ。柔毛突起ども口々に感嘆の声を上げる。何にも、何にも知らなかった。若さというのは今思えばほんとうに無知と同義だった。何もかも自分で経験して初めて分かることだった。ならば、老いることは経験することと同義だろうか、分かることと同義だろうか。老いは失うこと、寂しさに耐えること、そう思っていた桃子さんに幾ばくかの希望を与える。楽しいでねが。なんぼになっても分がるのは楽しい。内側からひそやかな声がする。その声にかぶさって、

んでもその先に何があんだべ。おらはこれがら何を分がろうとするのだべ、何が分がったらこごがら逃してもらえるのだべ。正直に言えば、ときどき生きあぐねるよ。

柔毛突起どもの喧騒（けんそう）を後ろに桃子さんは高速道路の向こうの夕空をしげしげと眺める。

あそこらへんに、このところとみに出張って現れるばっちゃがいるかもしれない。目上の人に会ったらば会釈（えそぐらえ）の一つもするものでがす。しゃがれ声でよく言った。姿勢が悪いと背中に竹の物差（さし）を入れられた。行儀が悪いとあれで手をはたかれもした。あのひやりとした感触が今となればなつかしい。

桃子さんは心持ち背筋を伸ばし、姿勢を正して空と山のあわいにぽつらぽつらと話しかける。

ばっちゃ、おらはここにいるよ。おめはんの孫はここでこうして暮れ方の空を眺めているよ。こういうふうになってしまった。これでいいのすか。

なりなりだぁ。大きな目を見開いて桃子さんをじっと見て、ばっちゃはあの頃のように言う。うんと良くもねが、さりとてうんと悪くもね、それなりだぁ。その声が聴こえたと思ったとたん、不覚にも甘い感傷に襲われて、四つや五つのわらしこにでもなったかのように、ばっちゃの前掛けに顔を埋めておいおいと声を上げて泣きたい衝動に駆られる。ばっちゃの前掛けは日向のござの上の干し大根のような、甘いにおいがしたものだった。ばっちゃの前掛けに顔を埋めたい、それを何とか堪えた。何せ、あの頃のばっちゃと同じ年になっている。気恥ずかしくて笑うしかない。

いつまでもこんなところに突っ立って暮れ方の空など眺めているから余計なことを考える。ぴしゃりとガラス戸を閉めた。梅の香りがふわりと家の中に入った気がした。

2

昨夜来、ざざ降りの激しい雨が続いている。

家の中は昼でもほの暗く何もできない。それをいいことに何もしない。雨降りもいいもんだ、と桃子さんは思っている。

この梅雨寒に厚手のカーディガンは手放せず、袖口を手の甲まで引き下げて腕を組み、窓にへばりついてさっきから目だけ上下動を繰り返している。

桃子さんが眺めているのは雨の滴、ガラス窓に打ち付けつるつると伝い窓の下枠に辿り着くまでを、飽きもせず目で追っている。ガラスに当たったとたんちりぢりにはねて跡形もなくなるものあれば、二筋三筋集まって大きな粒になって流れ下るもの、最後まで孤塁を守ってしずしずと消えるもの、見ていてこれで案外見飽きないのだった。柔毛突起ども皆鳴りをひそめ、暗闇に寄りかかって膝小僧を抱いていたり、腹這(はらば)って頬杖をつきながら足をばたつかせたり、そうかと思えば、横向けに腕を枕にふて寝を決めこんだり、皆何も喋ろうとしない。そのうちの誰か音するような大あくびを発し、つられて桃子さん本体もあぁあとあくびともため息ともつかない奇声を上げた。

飽きないといっても飽きるのである。

桃子さん、組んだ両腕を振りほどき、ガラス窓にはぁと息を吹きかけ、(あきた、ほとほと)と書いた。何よ、何に飽きたと誰かが問い、急いで、(雨)と一文字大書する。

ふん、生きでぐのがだべ、とほかの誰かが雑(ま)ぜ返し、聞こえぬふりをしてまた、(千年の雨)と書いてみる。千年降り続いた雨があるのだった。

ふあ、いづごろの話よ。

今がら四十五億年前、地球ができてまもなくのころ。ドロドロのマグマが地表を覆っていた。そこに雨が降った、千年、千年、千年もだぞ。

ああ、あぎっぺじぇい。というか絶対にあきる。毎日毎日休みなぐ千年もが。

それで、海がでぎだ。あの海はこの時でぎだ。おらにも千年降り続く雨はある。

はぁは、なにそれ。

おらの海は、

言いよどんだ桃子さんは、(もうすぐ来る)となぐり書きした。

電話、直美(なおみ)の電話、あの子から電話が来る。

桃子さんの顔に一瞬の戸惑いも見えたが、すぐに溢れる喜びがそれを打ち消した。

娘の電話ぐらいで大喜びする自分が照れくさくて無表情を装っていたのが、ここにきて堪え切れなくなっている。

近くに住んでいても電話一本寄越さなかった娘がなぜ、でもうれしい、うれしくてしょうがない。この日何度もしたように桃子さんはまた振り返って電話を眺めた。

二時を少し回ったころ、直美から電話があった。

「母さん、トイレットペーパーはある」

直美はのっけからこういった。笑いを含んだ穏やかな声に聞こえた。

「うん、まだ間に合ってる」

答える桃子さんの声は上ずっている。

「洗剤はどう」

「あ、まだ大丈夫。台所用も洗濯用もまだ大丈夫」

「牛乳は」

「二パックお願いしようかな」

「野菜はどう」

「大根とキャベツ半玉」

桃子さんは烈々の気合十分、打てば響くの心意気でさっと答える。

娘のどんな些細（ささい）な声の調子も聞き逃すまい、その声にちゃんと応えたい、その気持ちばかりが先に立ってなんということのない会話に力が入る。

ヤレヤレ、口開けて待っているひな鳥のよでねが。逆の。口を開けているのが老いたる自分で、餌（えさ）を持ってくるのが子供のほう。親と子逆転の構図。桃子さんを揶揄（やゆ）する内側の声、にわかにかまびすしくなってきたがそれは無視した。実際こういう日が来るとは思わなかった。

あきらめかけていた直美とこうして話ができるのだ。知らず口元がほころぶ。

直美は車で二十分ほどのところに住んでいる。

ともに絵が好きで知り合って、今は中学校の美術教師をしている夫と小学生の息子と娘と四人で暮らしている。

結婚と同時に家を離れた直美といつごろからか疎遠になった。きっかけは何であったか思い出せない。仕方ないと思っていた。桃子さんと母もそうだったから。どういうわけなのだろう。直美と桃子さんに起きたことはいつも桃子さんと母に起きたことの忠実な複製なのだった。

その直美が孫娘のさやかを連れて実家を訪ねて来たのは、ほんの二か月ほど前である。

玄関先で直美の後ろにはにかんで隠れるさやかの大きくなったことに、桃子さんは先ず(ま)もってびっくりした。嬉々として家に招き入れる桃子さんの後ろで母親と手を繋いでおとなしい。小さいころの直美もこうだった。聞き分けが良くて、手がかからない子だった。その直美がまぶしくて桃子さんは目を合わせられない。

仏壇に手を合わせる横顔をようやく見て、桃子さんははっとしたのだった。娘に初めて老いを感じた。背中から肩のあたりひとまわり小さくなって無理もない、心で指を折ってもう四十過ぎなのだものと思った。流れる時に容赦(ようしゃ)はないのだった。桃子さん、自分の老いはさんざ見慣れている。だども娘の老いは見たくない。娘まではせめて娘だけは勘弁してけでがんせというような手すり足すり何かに頼む気持ちが生じ、その一方では、こうやって孫を連れて、さやかのようなかわいい孫を連れて現れた娘の歳月を思って涙するというか誇らしいというか、さまざまな思いが一挙に溢れて止まらなくなったが、かろうじて平静を装った。さやかのほうはやっと慣れてきて母親のそばを離れ、部屋の中をあちこち見て回っている。桃子さんは少し気恥ずかしい。お兄ちゃんは元気と尋ねると、食器棚を開けながら、うん、元気だよ。お兄ちゃんは絵ばっかり描いてると言った。さやかのほうがずっと上手だもん。そのときだけ目を上げて、母親のほうをちらりと見た。直美は気づいたろうか。

母さん、買い物たいへんじゃない。持ち重りのするのだけでも私がやってあげようか、と直美がにこやかに言った。

近くのスーパーが閉店してからというもの、買い物カートを引きずっての夏のかんかん照りや、今日のような雨降りの日の買い物は正直たいへんだったから、桃子さんは娘の申し出がうれしかった。パートの休みの日に十日に一度ほど買い物を手伝ってもらうことがそこで決まった。夢のようだった。

おばあちゃん、二階に行ってくるね。踵を返したとき、さやかの今風のかわいらしいスカートがふわりと動いた。桃子さんはふと、こんなスカートを以前作ったことがあると思った。

直美がちょうど今のさやかぐらいのとき、夜なべしてフリルのいっぱい付いたスカートをそういえば縫った。ひらひらの中央に大きなリボンをつけて、自分でもかわいらしい出来だと思った。直美は喜んで穿いてくれたものと思っていたが、ずいぶん後になって、あれが嫌だったと、自分には似合っていないと分かっていながら無理やり着させられたと、涙ながらに詰(なじ)られたことがある。母さんは何でも思い通りにしたがると。まさかそんなつもりではと思ったが、一方では娘のころの桃子さんの言い分そのもので、あれは堪(こた)えた。

「母さん、母さんたら、お米は大丈夫なの」

「あ、忘れてた、ごめん」万事滞(とどこお)りなく調べたと思っていたのに肝心の米を確かめるのを忘れていた。受話器を置いて急いで流しの下の米櫃(こめびつ)を見ようとするのを、いいよ、余分にあっても腐(くさ)るもんじゃないし、電話の向こうで笑いながら制止する。

「急いで転びでもしたらそれこそたいへんなんだから。母さんは相変わらずせっかちなんだね」直美の声はあくまでも優しかった。

その声を聞くと、桃子さんの感情が溢れた。なんてやさしんだべ、おらは母ちゃんにこれほどの言葉をかけだごどあったべかぁ。不意に今だ、今だと思った。直美になんとしても言わなければならないことがある。ここを逃したら二度と言えないこと、桃子さんがずっと考え続けてきたことを、今こそ娘に伝えたいと思ったのだった。

だども、なにがら話せばいいんだが。桃子さんは口ごもった。かすれた声で、

「直美、あの……伝染(うつ)るんだよ」

「え、母さんなんのこと」

桃子さんは泣きそうになった。どう言えばいいのか分からない。

面と向かったら言えなくて、でも電話だったら冷静に話せるかと思ったが、だいたい自分はいったい何を言いたいのか、伝染るんだということ、いやこんなことを言ったって何も伝わらない。桃子さんが言いたいのは、なぜ桃子さんは桃子さんなのかというようなこと、最も素朴で根源的なことなのだ。その桃子さんが桃子さんであったがために娘である直美にどう作用したのか、作用してしまったのか。

桃子さんがずっと考え続けてきたことのひとつは実はこれなのだった。考えるより先に、お申さ訳ながったぁ。言葉が飛び出していた。済まなかった。直美、おらは女の子であるおめはんへの接し方が分がらなかった。

母ちゃんは、母は勝気な人だった。いつも命令口調で自分の思い通りにならねば気の済まない人だった。桃子さんの強い味方であったばっちゃはすでに亡く、桃子さんはいつも母親の顔色を窺ってばかりいた。娘のころ、髪に挿したピン留めを色気づくと怒鳴られて引きちぎられたことがある。母は桃子さんが年相応に女らしくなるのを異常に恐れた。

何かが損なわれると思っているかのようだった。これは後々まで祟って、桃子さんは今でも自然な動作というのが苦手だ。自分の女の部分にどう向き合えばいいのか分からない。

素直に、というのが桃子さんにしてみれば一番困ったのだった。晴れの舞台に緊張して右手右足を同時に出して歩く小学生がいるけれど、桃子さんばかりはそれを笑えない。

直美にはそんな思いはさせない。といってどうしてやればいいのか分からなかった。

結局、自分のあこがれを娘に映すことしかできなかった。

フリルのいっぱい付いたスカートは、小さいころの桃子さんの夢だったのだ。何のことはない、桃子さんが母に過剰にせき止められていたことを、過剰に与えようとしただけだったのかもしれない。期せずして桃子さんも娘を自分好みに思い通りに操(あやつ)ろうとしたのだ。

同じ。母から娘へ。娘からまたその娘へ。

なんだってこうも似るもんだべ。伝染病のように。なぜ。そのことが桃子さんの関心のすべてだった時もある。調べだじぇい。考えもしたんだ。ずいぶん心のうちを探索もしたのだ。桃子さんの心のうごめく有象無象(うぞうむぞう)、声を絞(しぼ)り出して語り始める。

分がったときのごどをおぼえでっか。おらはあの日のごどは忘れらんね。

目に見えない仕組みがあるのだと分かった。おらはそれにまんまと乗っかってしまった。

何にも知らながった。無知は罪だ。おめだ、おらの悔しさが分がっか。鼻水と涙でぐしょぐしょになりながらおらはこの部屋で、革命だ、革命だと言って走り回った。

あの日のことは忘れられない、ああ、たしかに。したがそれをどうやって直美に伝える。

桃子さんは戸惑う。

「母さん、あの」

電話の向こうで今度は直美が言いよどんでいる。

「……急で悪いんだけど、あの……お金貸してくれない」

二つ返事でうんと言えばよかったのに咄嗟のことで躊躇した。

直美は胸に閊えていたものを口に出したからなのか、あとは一息に喋り出した。

「隆、絵の才能あると思うの。だから、都心の評判のいい絵画教室に通わせて本格的に習わせたいの。入学金とか月謝、私のパート代だけじゃ足りないの。ねぇ、母さん貸してくれない」

「………」

すぐには答えられなかった。だが決してお金が惜しかったわけではない。なぜだかさやかの顔が浮かんだ。

「母さん、お願い」

「………」

電話の向こうの直美の息遣いが聞こえる。

沈黙がだんだん直美の感情を害していくようだった。受話器を持つ手が震えた。

「なによ。お兄ちゃんだったら、すぐに貸してあげる癖に」

嫌な予感がした。話は桃子さんの一番触れてほしくない方向に進んでいく。

滝つぼに流れ落ちる急流のように、もうどうしようもない。唇を咬んだ。

「だから、おれおれ詐欺になんか引っかかるのよ」

「母さんはわたしのことなんか……」

耳元で大きな音で電話が途切れた。

耳に受話器を当てたまま桃子さんは呆然と立ち尽くした。

直美が、また遠ざかる。頭の中を白々とした感情が流れて行く。

悲しみというのとも違う、そんなのはもう慣れっこだった。ただ、ああ、そうだったのか、という感情である。それが頭の中で動き始めて、あとはただこれまでに桃子さんの上に起こったことが静かに思い起こされた。

おれおれ詐欺。そうなのだった。

直美と二つ違いの息子正司は大学を中退してしばらく音信不通だったことがある。かあさん、もうおれにのしかからないで、家を出るときに言った最後の言葉が忘れられない。

今は他県に就職し連絡もくれるようになったが、家にはめったに帰らない。帰っても子供のころのようには桃子さんに心を開かない。もう十年以上前になるか、その正司を名乗る電話が掛かってきて、会社の金を使い込んでしまったと言った。見つかる前に何とか補塡してもらえないだろうか。その声の切迫した調子に桃子さんは慌てて正司の同僚と名乗る男に二百五十万もの大金を渡してしまった。不覚であった。

それにしても、どうしてこうも似るのだろう。

「母さんはお兄ちゃんばかりをかわいがる」それが直美の本当の不満だった。そして桃子さんも。受話器を持つ手が固まったまま桃子さんの目線はさらに遠いほうを見る。

高校を卒業してしばらくは家にいた。ずっと郷里にいるつもりだった。母の念願通り農協に勤めることになって、働き始めて四年たったころだったと思う。仕事にも慣れて桃子さんは結構評判のいい働き手だった。農協の購買部に来るお客に、その頃は量り売りだったから塩でも砂糖でも必ず多めに入れてあげた。それが喜ばれて桃子さんを目当てに買い物をする人がでてくるほどだった。それが母の耳にも入ったらしい。蚊取り線香の煙るころだったから夏の夜だったのだろう。あのとき母ちゃんはしみじみと桃子さんに告げたのだった。結婚なんてつまらね。ずっとこの家にいて働いたほうがいい。それだばおめはんも楽しいし、この家のためにもなる。母ちゃんはひとことひとこと噛みしめながら自分も納得し桃子さんにも言って聞かせるというふうにゆっくりと話した。この家って、兄さんが継ぐ兄さんの家のためにということか。桃子さんは黙って聞いていたがやはり激しいものが渦巻いた。

　その年の秋、組合長さんの息子との縁談が持ち上がり、好きでも嫌いでもなかったけれど桃子さんは受け入れた。とんとん拍子に話が進み、結納（ゆいのう）も済み、あと三日でご祝儀（しゅうぎ）という日にあれが鳴ったのだ。ファンファーレ、東京オリンピックのファンファーレ。あの高鳴る音に押し出されるように、式場も段取りも何もかも整っていたのに故郷の町を飛び出してしまった。何にも考えていなかった。ただあの音が桃子さんに夢を見させた。

　ずっとあそこにいるのはもう嫌だ。母ちゃんの目の届かないところで何もかも新しく始めたい。どこかきらびやかなものがここでないどこかにあるはずだもの。夜汽車に揺られながら何度も何度も自分に言い聞かせた。

桃子さんはロマンチックな憧れだけで何の計画もなかった若い日の夢想を笑う。あきれてしまう。

人の感情には思いもよらないすさまじいエネルギーがあるのだと桃子さんは思う。そのエネルギーに弾き飛ばされる独楽(こま)のようにして、人の人生は回転しだす。転がったその先が良かったのかどうか、そんなことは考えまい、ただそうあることを受け止めるしかないのだろう。ただし桃子さんを動かしたエネルギーの正体ははっきりと見極めたい。そのエネルギーがどう変わったかも見届ける。なにせ当事者だもの。

しびれる腕をさすりながらやっと受話器を置いたとき、桃子さんの目には力があった。

負け惜しみかもしれなかった。直美が行ってしまう、がっくりとうなだれそうになる自分を励ますもう一方の自分もいて、それがさかんに、たいていのこ

TOKYO
1964

とは思い通りにならなかったじゃないか、それでも何とかやって来られたじゃないか、だから今度だってなんとかなるさというような、桃子さんがこれまで培ったところの生きるための楽観をあれこれと言ってくる。

桃子さんはため息を吐きつつも前を見た。そのまま、冷蔵庫に直行して、ドアを開け、缶ビールを取り出すと立ったまま飲み始めた。ひとしきり飲んであたりを見回すと、もうずいぶん暗くなっている。缶を手に持ったままよたよたと部屋の隅によって蛍光灯を点け、振り返ると出窓のところに女が一人立っていた。白髪交じりの蓬髪の女、すぐに山姥だと思った。どうしてうちにいるのだろうと訝しく、しばらくして桃子さんは、あはあはと笑ってどたんと椅子に座った。

降り続く雨をいいことに、ろくに髪もとかさず、身なり構わず、ザンバラの白髪交じりの女は出窓に映った自分の姿だと気が付いた。静かな部屋に桃子さんの笑い声が響いて、それから歌うように笑うように陽気に独りごつ。

山姥がいるじょ。ここにいる。現代の山姥は人里離れた山奥なんかにいない。

こうしてかつての新興住宅地にひっそりと住んでいる。山姥は太母（たいぼ）ののちの姿である。太母とは何か。子供を大事に大事に育てた母親のことである。大事に育てたのに、子供の命を呑み込んでしまったのではと恐れる母親のことである。飲んだビールのせいなのか、なぜだか桃子さんは演説口調である。

またぐいと飲んだ。

直美、聞いでいるが。

直美は母さんが見も知らない男に金を渡してしまったのは、正司への偏頗（へんぱ）な愛情のせいだと思っている。だども、それは違う。違うのだ、直美。

それが贖罪（しょくざい）だど言ったら、おめはんは驚くだろうか。

直美、母さんは正司の生ぎる喜びを横合いから手を伸ばして奪（うば）ったような気がして仕方がない。母さんだけでない。大勢の母親がむざむざと金を差し出すのは、息子の生に密着したあまり、息子の生の空虚を自分の責任と嘆（なげ）くからだ。それほど、母親として生きた。

母親としてしか生きられなかった。

直美、母親は何度も何度も自分に言い聞かせるべきなんだと思う。

自分より大事な子供などいない。自分より大事な子供などいない。

自分がやりたいことは自分がやる。簡単な理屈だ。子供に仮託してはいけない。仮託して、期待という名で縛ってはいけない。

二缶め、また飲んだ。飲むたびになぜだか愉快な気分になっている。

山姥か。山姥だ。

もう誰からも奪うことがない、奪われることもない。風に吹かれて、行きたいところに行く。休みたいところに休む。もう自由だ、自由なんだ。

だいたい、いつからいつまで親なんだか、子なんだか。親子といえば手を繋ぐ親子を想像するけれど、ほんとは子が成人してからのほうがずっと長い。かつての親は末っ子が成人するころには亡くなってしまったそうだけど、今の親は自分の老いどころか子の老いまで見届ける。そんなに長いんだったら、いつまでも親だの子だのにこだわらない。ある一時期を共に過ごして、やがて右と左に分かれていく。それでいいんだと思う。

それでもちゃんと覚えているのだ、大事だということを。

とろんとした目で桃子さんはうなずく。

目に映じているのは母ちゃんの姿である。

帰るに帰れなかった故郷、許されて帰ったのは父の葬儀のどぎだった。結局兄も都会に出て所帯を持って、広い家に母ちゃんひとりが取り残されだ。ひと回りもふた回りも小さくなって、もう何の役にも立たないと嘆いていたが、なんの、桃子さんにしてみればあの頃の母に一番力づけられる。あの後あの家で独り二十三年生ぎだ。母にできたことは自分もできると思いたい。でも母ちゃんにはやっぱりかなわない。空に献じてまた飲んだ。

3

八月の終わり、桃子さんは病院の待合室の長椅子の端にちんまりと腰かけていた。

顔に白粉（おしろい）をはたき口紅をつけ、洗い晒（ざら）しとはいえ青の花柄ブラウスに似合いのスカートという出で立ち、それに一点豪華ともいうべき金の（といっても真鍮（しんちゅう）に金メッキの）ブレスレットまでつけていつになく余所（よそ）行きの顔をした桃子さんである。

桃子さんの膝の上には日に焼けて赤茶けた外出の際のお供、例の四十六億年ノートが広げられている。

さっきから人差し指がめくれ上がったノートの端に置かれているがいっこうにページをくる様子もない。彼女の目は一心に行き交う人たちに注がれているのであった。

桃子さんの住む街唯一の総合病院だから、エントランスに繋がる待合室には大勢の人がいた。そのほとんどが老人だった。皆用向きを抱えて右に左に通り過ぎる。盆を過ぎて暑さの峠もどうやら越して今年も何とか凌げたか、けだるい雰囲気が老人たちの足取りを覆っているかのように見えた。

桃子さんの目は特定の誰かを見定め、その人が彼女の視界から消え去るまで執念深くじっと見つめ、見えなくなると、またほかの誰かに焦点を移すという方法で、飽きるということを忘れたようだった。自分と同じ年恰好の婦人が足元おぼつかなくなって杖などを突いてよろよろ歩いているのを見れば内心ほくそえみ、シャカシャカ歩いているのを見れば、スカートの下の両腿をきっと揃え、背筋を伸ばすなんてことをほぼ反射的にしているのだった。

桃子さん自身は特別具合が悪いというわけではなかった。

にもかかわらず病院に来ている。

たまにごくたまにだが、桃子さんは熊だか狐だか山中の暗い洞穴などに住んでいるのが何を思ったか人里におりてくるそんな気分で、人中にいたいと痛切に思うことがあって、今日はまたそんな日なのである。ごんぎつねか、と自分で自分を笑ったが、実を言えばそれほど悠長なものではなかった。

　このところ、ほとほと参っていた。

　普段の桃子さんはせいぜい隣近所と挨拶を交わす程度、たまに郵便配達や新聞の集金の人と二言三言話すくらいである。それでも取り立てて寂しいとは感じない。まぁこんなものだろうと思っている。人は誰にだってその人生をかけた発見があるのではなかろうか。人生の終わりにかけて、ひょっとしたらこれを見つけ出すためにわが人生は営々と営まれたのではあるまいかと考えられるような、どんなに陳腐でありきたりであろうと、実地で手間暇かけて獲得したところのかけがえのないひとふし、なにわぶしのようなうなりのひとふしがあって、そこがまたその人を彩るというような。桃子さんの場合は「人はどんな人生であれ、孤独である」というひとふしに尽きる。まぁ大したことがあったわけではない人生ではあるが、そうはいってもこれまで生きてきた中でしみじみと納得することもあったわけで、であるから、孤独などなんということもないと自分に言い聞かせもし、もう十分に飼いならし、自在に操れると自負してもいるのだった。さびしさぁ、なにさ、そたなもの、などと高をくっていたのである。

ところが、いけない。飼いならし自在に操れるはずの孤独が暴れる。いったい昨日とどう状況が変化したというのか、と桃子さんは自問する。即座に、何にもどごもかわってねのす、どごもかごもまったぐと言っていいほど同じなのす、と返ってくる。それなのに心というやつはどうなっているのか、風向きがすっかり変わってしまって桃子さんはしおたれる。いったい何をきっかけにそうなるのか、だいたいコドクというが正体は何なのか、はっきりこれこれの理由でこういう感情が湧き出てきてなどと説明がつかない。説明がついたならもっとうまい対処の仕方があったのかもしれないが。ある日突然、ぶぶぶあぶぶ、地面におしこめられ身動きが取れないような圧迫感に襲われて、声にならない声をあげて、さみしいじゃい、おらはさみしいじゃいというような音がのど元から突き上げるのを感じるのである。それは桃子さんの声であるのか、ずっと奥に潜んでいる誰かの声なのか、それもまた判別不明。そうなると桃子さんはあや、まただが、いい加減にしてけろじゃ、とつぶやく。これだって外からはおそらくあややあじゃあじゃあじゃだら、というような音にしか聞こえないような気がする。そうやって心の中で声にならない声、音にならない音の応酬が続いて、でもどこかでその声は懐かしい音の響きであるのを知っているのである。

まったくがんじがらめの逃げ場のない場所で、首を縮め背中をこごめてダンゴムシのようにかがまっているしかない。息を詰めて、痛みが通り過ぎるのを待つしか仕方がない。

そうやって桃子さんは気づくのである。時間がたてばさみしさなどというものは薄紙をはがすように少しずつ解消するはずなのだ、日にちが薬なのだもの、いつかは静まる、そう思ってごまかしごまかしやってきて、何とか克服できたと思った端からぶり返す痛み、ああこれは一生モンのいだみであるごどよ、逃げられねでば。桃子さんはため息をつき、はるかな時を眺める気分になる。それでも、わるごどばりでねぇじゃぃ、自分を慰めたい衝動に駆られるのだ。ほだおん、ほだおん。わるごとばりでね。おら、このさみしさのおがげでよっぽど賢しくなったもの。悲しみを知った前と後とではそごにきっぱりと太い線を引ぎ結ぶようにして、おらは違う人になってまったぁと思うのだった。そうやって自分の感情をもみしだくようにしてなめすうちにひょぃと柔らかな燭光が現れる。きっかけはなんであったのか。アンパンのあんこの歯に染み入るような甘さであったかもしれない。桃子さんは縮込めた首をわずかばかり伸ばして揺らした。じわじわと、ああおらはまだ生ぎでるのだな、生ぎででもいいのだなとか、なしたべ、このうれしさはだの、おらばりだべが、みんなもこうやって生ぎでるのだべかなどと心の中がいっせいに蜂起、めいめい違った言葉にならない言葉を発して老いた桃子さんを体ごと揺さぶるのである。

何日か前の桃子さんに起きたことは実にこういうことだった。

それで今日、人皆か、我のみや然るというわけで、手っ取り早く人が大勢いる場所と考えて病院に来ているのである。むろん、桃子さんの年になれば、体の不調の一つや二つはあるわけで、ついでに医者の診察もしてもらおうという算段でここに来た。相変わらず訳の分からない高揚感は続いていて、おまけに電車に乗るバスに乗るという非日常感と相まって気分は最高潮、知らない爺さんとだって、肩を抱き寄せ頰を摺り寄せたいぐらいの勢いで病院の待合室の長椅子におさまったのだった。桃子さんは話したいのである。誰彼かまわず、自分の身の内に起こったこと、考えたこと感じたこと、だどもどうやって。

時間がたつにつれて、当然と言えば当然なのだが、桃子さんの心は冷える、冷え切る。

皆寂しさに耐えていて、つらい体験を乗り越えて生きていて、ここにたまさか集っているのだなどという桃子さんの妄想は、血液検査だの心電図だの血圧は上がいくらで下が何ぼだの尿検査だのという具体現実の話し声にかき消され、ブリキのバケツで冷や水をかけられるがごと、しぼんでしまった。露わになるのは現実になんのとっかかりもなくぽかんと浮かびあがった自分の姿である。

いつだってそうだった。桃子さんという人は心の中ではけっこう多弁なのだが、現実の他人の前では失語症を患う人のように何にも喋れない。ただ生唾を飲むばかり。人に自分の思いを伝えられない。おらのおもしぇごどが人におもしぇど思えない。だって人が話すごどおらにはさっぱどおもしぇぐねえのだもの。

桃子さんは弁解して自分を何とか正当化したい。そして気づくのだった。おらの話いだ、いだった。たったひとり。おらの話に耳を傾けてくれた人。おらの話をおもしろがって笑ってくれだ人。おらのおどご、たったひとりの。

桃子さんは薄く笑って、かすかに首を振ったのだった。ずっと心にあるから思い出さなくてもいいのだ。別のもっと別のことを考えなくてはならない。

次第に、桃子さんの顔に皮肉な表情が生まれ、あれあの人の歩き方の老いぼれ加減はどうだなどと、目の前にいる誰彼を蔑むことでいたたまれない自分を屹立させようとした。

さっきからの桃子さんの不可解な視線はこういう理由からであった。

もはや厚塗りの白粉も口紅も古びたノートも、外界と桃子さんを隔てるバリアなのだった。

桃子さんは意地悪な目つきであたりを睥睨（へいげい）する。

すぐにはす向かいに座った女に目が留まった。どう見ても桃子さんより十ばかりは若そうだった。鮮（あざ）やかな色目のワンピースを着ている。だが、どこか変だ。せっかくの服の襟元が半分よれて内側にめくれている。さっきから持っているハンドバッグを開けて財布だのハンカチだの中身を取り出し、一つ一つを確かめるようにさらに広げ、足元にレシートだのカードだのが零（こぼ）れ落ちるのも構わずに財布の底まで確かめようとしている。何か焦って探し物をしているというふうだったが、その割には足元の散乱に無頓着だった。

隣の席の男が拾って差し出したものを丁寧に受け取り、財布にしまい、ハンドバッグに収めたが、しばらくするとまた同じことを繰り返している。今度はハンドバッグのポケットの隅々まで手を入れて掻き出すというか、探るというか、ふっとあげた目がうつろだった。不安に駆られているようにも見えた。周囲の人たちも見るとはなしに彼女を見ている。

桃子さんは他人の無遠慮な視線に怒りを覚えつつ、自分も彼女をしげしげと眺めるのを止められない。内心の居たたまれなさをそらすために周囲に目を向けようとしていたのが今はただ好奇心の塊になっている。ずっと見続けて納得した。ああ、この人は何かをずっと探している人なのだと思った。ひょっとしたら何を探しているかも忘れて探すことに没頭している。どうしようもないのだな、この人にはこの人の時間が流れている。途中のことなのだ、どこか分からないが終点に向かって突き進む。

ふと、こんな光景にどこかで出くわしたことがあると思った。あれこれと記憶のトンネルをまさぐって笑った。どうしてこんな時に。

あれはいつだったのか、おそらく東京からの帰りの夜行列車の車内。桃子さんはまだ若くて、高校を出たてのほんの小娘だった。どういう経緯でその列車に乗ったのか覚えていないが、とにかく車内は混んでいて、桃子さんは連れがなく一人で乗っていた。何駅かやり過ごして、やっと座れたその席のはす向かいに中年の男が座っていたのだった。ポケットウィスキーの瓶を持って。むっとする車内の暑苦しさを避けるように窓に寄りかかって黒い窓ガラスに頬を押しあてると、斜め前におじさんが見えた。疲れも手伝ってはじめは見るとはなしぼんやりと見ていたのだと思う。おじさんは瓶の蓋を開けるとそれを小さなグラス代わりにウィスキーを注ぎ、くっと飲んだ。きっちり蓋をしてそれから革製の巾着にウィスキーの瓶を入れ丁寧に蝶結びをする。次に座席の横のショルダーバッグにその巾着を仕舞い込み、丁寧にチャックまでした。間をおかず上着の胸ポケットから柿の種が入った袋を取り出し手にきっかり二つぶ載せると口の中に放り込んで噛みしめ、その間手はその袋の端をきっちり三段に折り込んで胸ポケットに入れる。そうするとまたショルダーバッグに手を伸ばし、という一連の動作を丹念に続けているのである。

　三巡めあたりから、桃子さんは座席にきちんと座っておじさんを盗み見た。気づかれないように黒い窓ガラスに映るおじさんの姿を見るなどということもした。もっとも、おじさんのほうはこの無遠慮な視線などどうでもよかったはずである。それほど飲む一連の作業に没頭していた。父よりはちょっと年上のように見えた。

あの当時ほんとに若かった桃子さんである。生意気で傍若無人だった。笑いをかみ殺しながら見ていた。おじさんの動作を先回りしてホレ次は蝶結びだ、次は袋の端三段に折りたたんでぇ、とおじさんの動作を予測して茶々を入れ、その通りだと心の中で笑い転げた。

でもたまげてもいた。どうせまた出すなら最初からしまわなきゃいいのに、きちんきちんと問題を処理するあの勤勉さ、あの丁寧さを自分もほしいと願いつつ、桃子さんには逆さに振っても出ないものだったから余計たまげた。ああ、このおんちゃん、よほど酒っこ好ぎなんだ、とも思った。好きというのはこれくらいのものなのだと目を丸くしたものだった。

走る夜行列車で数時間席を同じくしただけで、もちろん二度と顔をあわせることもなかった。それなのに桃子さんの人生の節目節目にあの男はひょいと顔を覗かせた。たいていは自分の好きがどれくらいのものなのか心に問うたときに。その頃には桃子さんも、たとえ好きなことでも持続するのは本当に難しいのだと骨身にしみていたし、逆にあれほど心を傾けられることが本当に好きということなのだと分かってきた。他人には意味もなく無駄とも思えることでも夢中になれたとき、人は本当に幸せなのだろうとも思った。あのときに見せたあの男のあの顔がまぎれもなく至福の表情というのに違いなかった。

　目の前の女は相変わらず、バッグの中を掻き回すという作業を続けている。心なしかさっきよりも慌てていて、何をしているのかご当人もさっぱり分からなくなっている気がして、さすがに気の毒で目を背けたが、がさごその音は追ってくる。それにしても不安に駆られるこの女と極楽を味わっていたあの男とはまったく違うのに、この人を見てなぜ記憶の中のあの男が蘇ったのか、おかしなことだとしばらく考えて、桃子さんは膝を打つほどに合点が行った。認めたくないことだけれど、二人の様子というよりも、眺めている自分のあり方が記憶の糸を呼び覚ましたのだ。そうだった。あのときも今もおらは人を盗み見している。盗み見るというのが人聞きが悪ければ眺める、さらにかっこ付ければ、観察する、鑑賞する、傍観する。ふん、言いえて妙なものだ、そこから悪意はとうに消え失せて純粋の好奇心だけが浮かび上がる。弁解するわけでないが、確かにそこに悪気はなかった。なかったはずと思いたい。だって他人様の心のうちだけでなく、自分の心のうちまでも、ああでもないこうでもないと考え考えするのが一番好きなことだった、と思って桃子さんははっとしたのだ。好き、あのおんちゃんの酒と同じにか、と自問して、かすかにうなずくところがある。さすがにそれで幸せだったとは思えない。見るだけの人生が。が今となってはそんなことはどうでもいいような気がする。とにかくそれだけは飽きっぽい桃子さんの持続に耐えたのだ。しかし考えてみれば、広がりのない生き方だった。見るだけ、眺めるだけの人生なのだもの。自問して自答するだけ、問いの自己内消費というか。プラマイゼロというか。流れの淀（よど）みにあるような生き方だ。人に何ら働きかけない、ましてや影響を及ぼすこともない。人に話しかけられないのも仕方がなかった。

　人に関わる余地がなかったのだ、見るだけで自足した人生だもの。関わった途端おらは意識して別の人になってしまっただろう。おらのような人間はさびしくたって仕方ないのだ。

同じだな、大して違わないな。ハンドバッグ引っ掻き回す人生と。

桃子さんは口元を手で覆ってあくびをこらえた。目じりにいっぱい涙を溜めた。

日高桃子さん。

機械的なアナウンス音が不意に桃子さんの名を呼んだ。やっと順番がまわってきたらしい。

はい、気取って高く答えるつもりが、出てきた声は案外に野太くて桃子さんは驚いた。

老いると他人様を意識するしないにかかわらず、やっと素の自分が溢れ出るようになるらしい。重い腰を上げた。

診察を終え、会計を済ませたのは昼過ぎだった。病院を出たとたん、暑い日差しが桃子さんの頭上に容赦なく降り注いだ。陽炎(かげろう)が揺れている。さっきもらったばかりの薬を入れたポリ袋をぶらぶらさせながら、木陰伝いにバス停までの道を歩いた。

いつもの喫茶店はそれほど混んでいなくて窓際の席に着いた。

病院通いのあとはバスに乗って最寄りの駅まで行き、電車の待ち時間を利用して、駅前のロータリーが見渡せる喫茶店二階のこの席に座る。観葉植物に囲まれた柔らかなソファが心地よくて、かすかに流れる洋楽も好ましく、外出の締めくくりにここに寄って駅前の風景を見下ろすのが常だった。

頼んだソーダ水を待ちかねたように口に含んだ。ピリピリとした甘さが舌を刺激してのど元を通り過ぎたとき、桃子さんは自分が思いの外疲れているのに気が付いた。暑い日差しにやられたのかもしれない、とろけるような睡魔に襲われて、グラスの底ではじける泡を覗き込んでいるつもりが何も見ていなかった。ストローを握(にぎ)ったままほんの数分眠っていたらしい。

気が付いたときここがどこか、なんのためにここにいるかもすぐには思い出せないほどだった。

だがソーダ水のせいなのか、数分の眠りのせいなのか、気分がとてもさわやかなのだった。透明な意識の中で桃子さんはある予兆にとらわれていた。自分がこれから思いもかけない気づきを得るのだなどという。何かは分からないけれどそれはすぐそばまで来ている。

この感覚は実は初めてではなかった。桃子さんは普段は理詰めでものを考えたいタイプの人間である。自分の経験を積み重ねてこれこうだという結論を得る。ところが突然、何かをすっ飛ばしてそういう思考の積み重ねをなくしてぽいと気づきを得るときがある。

人はそれを直観と呼ぶのかもしれないが、桃子さんはその言葉で片付けたくないのだ。

桃子さんはそんな時いつも自分の内部に自分のあずかり知らない未知の自分がいて、そのものが桃子さんの知らないところでもずっと考え続けていて、あるときひょいと浮上して、何の説明もなしに正論だけを述べて、さっと消えていくという思いに駆られる。桃子さんはそれを非常に頼りにしていた。自分の内側から聴こえてくる様々な声、それこそがわが友、わがはらからと思っている節がある。自分のような人間、容易に人と打ち解けられず孤立した人間が、それでも何とか前を向いていられるのは、自分の心を友とする、心の発見があるからである。桃子さんはそう思っている。自分はひとりだけれどひとりではない、大勢の人間が自分の中に同居していて、さまざまに考えているのだという夢想は桃子さんを気強くもさせた。あるときは、世間は仲間だのきずなだのを強調して、それがない者はどこか欠陥があるように言う風潮があるが、大きなお世話、そんな人間こそ弱いのである、弱いから群れるのであると虚勢を張った。

喫茶店の二階で桃子さんが感じたのは、内部の誰かがすでに気づいているのだが、桃子さんの俎上にはまだ載っていない何かがある、という漠とした予感なのだった。

おらあど何に気づけばいいのだべ、桃子さんはそっと呟いてみる。もどかしくて、何が分がればいいのだべ、もう一度言ってみた。

あたりを見回し、それからソーダ水のはじける泡をじっと見つめた。その音に耳をそばだてた。グラスのそばに無造作に置かれたポリ袋からはみ出たいろんな色形の錠剤の入った薬包紙の束を取り出し、光に透かしてみたりもした。

そして目をつぶった。

グラスの中でどれほどの泡がとりどりに浮上して、はじけて消えて行っただろうか。

桃子さんの意に反して網膜に何の像も結ばなかった。何の声も聴こえてこない。そんなはずはないのだ。桃子さんはにわかに慌てる。動悸を押し殺し、心を平静に保って訪れを懇願する。なのにやはり、心に何一つ結実しない。期待していたものが期待通りに現れない、ささやいてもくれない、桃子さんは打ちひしがれる。桃子さんの外部には何の変化もないが、その内側ではなけなしの自信が音を立ててしぼんでいく。何しろ頼りにするのは自分だけ、その自分に裏切られるような。

周造。

桃子さんはこの日初めて亭主の名を呼んだ。

おら、今こんなとごろにいるよ。

気弱になった桃子さんは、自分の位置を確認せずにおれない。桃子さんを定位するのは、今はどこにいるのか分からないが、必ずどこかにいるはずの亡夫を定点と見定めた自分の在り所だけ。自分を取り巻く現実はあまりにも殺風景で希薄で、自分はこの世界でほんとに生きているのだろうか、比べて遠く隔てられた過去は色鮮やかに蘇る。桃子さんとて過去は恣意的なもの、美しい装飾が施されたものとうすうすは気づいている。それでもそこにしか自分の居場所がないように思われる。

周造。もう一度亭主の名を呼んだ。

次第に古い懐かしい思い出が桃子さんの周りを取り囲んで離さない。

ファンファーレに押し出されるようにして上京したとき。桃子さんの回想は必ずそこから出発する。あのときを境に確かに桃子さんを取り巻く風景は一変した。山の子から都会生活へ、良い悪いは考えない。とにかくそうなったのだ。

上野駅に降り立ったときのあの心細さ、それでいながら何とも言えない解放感を桃子さんは今に忘れない。たいへんなことを仕出かしてしまったという思いはあった。が不思議と後悔はなかった。もう引き返すことなどできないのだ、ならば後悔なんかしない、と自分に言い聞かせて。でもすぐにそんなことも不要になった。目新しさ、何もかも新鮮で心を奪われて、それに後悔だのなんだの後ろ向きのことを考える前に、まずここで働いて食べていかなければならないのだ。仕事を探した。何でもよかった、住み込みという条件さえクリアできれば。すぐに蕎麦屋の店員募集の張り紙を見つけた。東京オリンピックの好景気に沸くこの街で贅沢さえ言わなければ何とかなりそうな気もした。あの頃は若かったのだ、疲れというものを知らなかった。夢中で働いた。店の雰囲気にもすぐになれたし、重い岡持ちを持って配達するのも苦ではなかった。店の近隣の道もすぐに覚えられたし、心配していた言葉にもすぐに馴染めた。生まれた時からこの街にいるようにだって装えばできそうな気もした。今は狭いこの部屋だけど、ゆくゆくはアパートを借りて一つ一つものを揃えて、そう思うだけで楽しかった。実際、あの頃はお菓子の入ったきれいな缶から一つ手に入っただけで、それだけで部屋が明るくなった気がしてうれしかったものだ。

豊かになることがそのままきらきらした目標だった。

あの頃、痛く突き刺さった言葉がある。

蕎麦屋をやめてすでに何軒か店を替えていた。大衆割烹（かっぽう）の店で朋輩（ほうばい）の子のひとこと、桃ちゃんてさ、わたしっていう前に、必ずひといき入れるんだよね。山形から出てきたトキちゃんという子だった。目がくるくるよく動く子でその子がいたずらっぽい目つきでそういった。背中に冷や水をかけられた気がした。

確かにそうだった。子供のころからずっと、わたしという言葉への憧れと反感、いや、むしろおらという言葉にたいする蔑みと愛着、それらが入り混じって、わたしというとき一瞬混乱して滞る。分かっていたのだ。でも人に気づかれていたとは知らなかった。

いったい、いまさら自分は何に拘（こだわ）っているのだろう。飛び出してきた父や母や親戚の人がたへの済まなさであるのか、それもあるかもしれないが、そんなことはもうたいがい払拭したはずだ。親は親。子は子だ。親の足元を離れ独りで生きるのもそれはそれで潔い生き方でないか。だいたい中学を出たばかりのどれほどの人が集団就職で都会に出て来たか。少し遅れただけで自分もその中のひとり、少しも恥じることでないはずだ。

それでもトキちゃんの言葉は後々まで響いた。次第に口数が少なくなった。不思議なことに口数が減ると、豊かさへのあこがれも減じていった。飾りたてるという喜びが失せてきた。どんなに頑張ってみたところで所詮豊かさの辺縁にいるのだ、という思いもあった。

いつまでたっても追い付けない。桃子さんの夢だったものは次第に遠くにかすんで色褪せていった。

その頃だったろうか。あの夢を見たのは。

八角山の夢。

八角山は桃子さんの郷里のぐるりを取り巻く山の中で一番高い山である。

ばっちゃは朝晩手を合わせていた。信仰の山でもあった。だが、鍋を逆さに伏せたようなてっぺんが丸こくて凡庸な何とも冴えない山なのである。

桃子さんはこの山が嫌いだった。桃子さんの小中学校には毎年写生大会というのがあって、その日は丸一日思い思いに好きな場所に行って絵を描いて過ごす。桃子さんも画板と絵の具を持って張り切って出かけるのだが、周りを見渡しても何も描きたいものはないから、結局刈り取った稲を乾かすための延々と続く稲ばせと、その向こうの丸こい八角山を描くのが常だった。どこを見渡しても木と山と田んぼと、点在する家々のほかに何もない、つくづくとつまらない場所だと思った。その象徴があの八角山なのだ。そう思っていた。

その山の夢をトキちゃんと共用の暑苦しい四畳半で見たのだった。

山のてっぺんが間近に見えた。

どうやら桃子さんは山の麓の古い木造校舎の廊下のようなところにいるらしい。

木枠で囲まれたガラス窓が何段にも連なっている。小さな窓に分割された山がひときわ大きく全面に広がっていた。桃子さんは窓ガラスの一つに食い入るようにして山を見上げている。

夜、だった。

月明かりに照らされた山が壁のように眼の前にあった。山は雪に覆われていて、てっぺんの木々の梢に降り積もった雪まではっきりと見て取れた。神々しくてしんと静まり返って人を寄せ付けない、震え上がるような威圧感があった。

美しい、凍える、山。

息を呑んで、桃子さんはあの山に登りたい、登れるだろうか、と思っていて、でも登ったら帰れないと何故だか知っている。

胸の底まで冷気が籠って息がつけなかった。桃子さんの孤独と山の計り知れない孤独とが向き合っていて、ちっぽけな自分が如実であった。対して山の圧倒的な大きさと威厳とを見せつけられて、桃子さんはしょぼくれてすがって泣きたかった。

はじめその山が八角山だと分からなかった。だがすぐにあれは八角山だ、八角山以外に考えられないと夢の中で思っていた。

目覚めたときから、八角山は桃子さんの心にどっしりと居座った。あれほど嫌った陳腐凡庸の山は気高くすっくと立った山に変貌を遂げた。

家の裏から見上げた八角山の頂上が目のあたり、どのへんにあったかと考えるようになった。八角山の山容と故郷の風景がしきりに目に浮かぶようになった。自分のこだわりは結局あの山にあるのではないかと思ったりもした。地。その大きさ厚み。翻って今桃子さんが立っているところのはかなさ頼りなさ。今更ながら桃子さんが捨てて来たものの正体が分かった気がした。でも帰るわけにはいかないのだ。何とか踏ん張るしかない。

しばらくして、トキちゃんは故郷に帰っていった。そうなるとますます口数が減り、人に無愛想だと面と向かって言われてもただうつむくだけだった。丸こい八角山がかろうじて心を支えた。

そんなときだった。

昼飯時で店が一番忙しいとき、大きな声でおらは、おらはと話す声を耳にした。

後ろを振り返ると目をみはるような美しい男がいて、連れの男と話している。周りの好奇の目を意に介さないというか、そもそも気づいていないというか、屈託のない笑顔で大きな声で笑う。笑った時の白い歯が印象的だった。

それが桃子さんと周造の初めての出会いだった。

どうやらその日から桃子さんは見違えるように元気になった。どの客にもにこやかに笑いかけ、機嫌よく仕事をこなした。

周造が来るたびに大盛りのライス、山盛りのサラダを出した。頼まれもしないのに何度もお茶をとりかえ、何度目かのときに周造は不思議そうな顔をして桃子さんを見上げた。

それから二言三言言葉を交わすようになった。

あるとき思い切って、八角山て知ってると聞いてみた。周造の言葉や抑揚が郷里の聞きなれたものと同じだったから、もしかしたらと思っていた。周造の言葉を待つわずかな間の面映ゆさを何十年たった今でも忘れられない。

周造の美しさに気後れがしてそれでも周造を見つめずにはいられなかった。

周造は飛び切りの笑顔で覚えている、八角山でば、おべでる、と言った。

桃子さんは震えた。今このとき、周造の耳にはどうと吹き抜けていく風の音が聞こえてはいないだろうか、目には光るブナの林が見えてはいないだろうか。

まさか、でも虔十だ。あの宝石のような物語の主人公が目の前にいる。

雨の中の青い藪を見てはよろこんで目をパチパチさせ

青ぞらをどこまでも翔けて行く鷹を見つけてははねあがって手をたたいてみんなに知らせました

大好きでそらんじてもいた物語の主人公に出会えた。

周造もうれしくて楽しくて仕方がないのだ、生まれたままの内心の喜びを素直に声に出して喜ぶ人なのだ。運命を感じた。この人のそばにいれば桃子さんの喜びも映えて倍加するのに違いない。

驚いたことに周造の見上げた八角山は円錐形の山容の美しい山だという。なんということはない、言ってみれば桃子さんは跳び箱を横のほうから眺め、周造は縦方向から見ていたことになる。互いに自分が見た山が八角山の正面だと言って譲(ゆず)らなかった。そして笑った。周造との距離が一気に縮まった。

付き合い始めデートを重ね、あるとき周造が真顔で、

決めっぺ。ひとことそう言った。

結婚の申し込みだった。何の飾り気もない言葉、それがすとんと胸に落ちた。今思っても、あの言葉は周造そのものを言い表していたと思う。自分を飾るということを知らない、あきれるほど素直な心情、そこが桃子さんは好きだった。たぶんあのあたりから桃子さんは東北弁に素直になれた。周造の繰り出す朴(ぼく)

訥（とつ）な言葉が心地よかった。やはりこの言葉がいいと思った。この言葉が周造を映し、桃子さんを映すのだ。周造の純朴が桃子さんの底に流れる純朴を刺激し共鳴して、桃子さんはごく自然にうなずき、周造が笑って桃子さんも笑って、そこで二人の結婚が決まった。

それからまもなく所帯を持った。

その頃には、何も屈託がないように思えた周造にも人に言えない苦しみがあることが分かった。父を超えたい。父より豊かになって父に認められたい。だがうまくいかない。

今ならば、ある種の若い男が持つ共通の苦しみだと分かる。周造ももがいていた。桃子さんはただつらかった。

周造は豊かになることそのものに興味がなかった。ただ父の歓心（かんしん）を買うためだけに豊かさを追い求めている。そういう自分に気づけずただ息苦しいと感じていた。桃子さんはうすうす気づいたはずである。周造と自分は似ていると。意を決して都会に出て来たものの思い描いた豊かさを追い求める暮らしになじめず、かといってそれに代わるものを見つけかねていた桃子さんというもの。二人は似ていた。

桃子さんは周造の孤独を自分の孤独に重ね合わせた。震える思いで周造の笑顔を絶やしてはならない、周造を幸せにしたいと思った。

若く性急であった桃子さんはひたすらに解を求め、周造を喜ばせたいと思った。そのために周造の理想の女になる、そう決めた。

周造が望んだのは控えめで後ろからついてくるような女ではなかった。むしろ、元気でわがままな楽しい女だった。桃子さんは全力で応じた。

周造を魅了し続けること、それによって周造の生きる手ごたえになること。ごく自然に周造のために生きる、が目的化した。

いつも周造の目を覗き込んでいた気がする。覗き込んでいながら、素知らぬ素振りで陽気に能天気に振る舞った。

周造はにこやかな笑顔で応じた。懸命に働き、桃子さんは軸足を周造に預けて、届く限りの果実をむさぼればよかった。桃子さんは周造をただ守りたかったのである。守るために守られたのだ。

周造は桃子さんが都会で見つけたふるさとだった。故郷に取って代わるもの。美しさと純真さで余りあるもの。目の前でうっとりと眺める美しい影像であった。

桃子さんはまだ弱くて一人で立っているのには拙くて、外に偶像を求めたのである。寄りかかって支える。強いから支えるのではない、弱いから支える。支えることで自分の輪郭を確かめようとした。甲斐を自分に見出すにはまだ時間を要したのだ。

とまれ桃子さんの結婚生活はおだやかでしあわせに推移した。子供を産んだ、育てた。子が独り立ちした。満ち足りていた。あの日までは。

桃子さんはグラスの中の気の抜けたソーダ水をストローでむやみやたらに掻き回した。

あれから十五年、あの日を思えば今でも心が粟立(あわだ)ち平静ではいられない。周造はたった一日寝込むでもなく心筋梗塞(こうそく)であっけなくこの世を去った。桃子さんは周造の突然の死を心のどこかでいまだに受け入れられないでいる。

桃子さんの心のうちの柔毛突起ひと群れ、ゆらゆらと立ち上がり、

死んだ、死んだ、死んだ、死んでしまった

ふわりふわりとあっちゃにこっちゃに揺れ動く。はじめ誰の目にも止まらない毛ほどの微細な動きだったのが静かに隣を動かしまたその隣を動かし、やがて小さな波紋となりさざ波となり瞬(またた)く間に広がって、しだいに大きなうねりとなり四方に広がり、ついには波動激動、

死んだ死んだ死んだ死んだ死んだ死んだ死んだ
死んだ死んだ死んだ死んだ死んだ死んだ死んだ
死んだ死んだ死んだ死んだ死んだ死んだ死んだ
死んでしまった死んでしまった死んでしまった
死んでしまった死んでしまった死んでしまった

いたましねなんたらばいたましねいたましねいたましねなんたらばなんたらば
周造、逝(い)ってしまった、おらを残して
周造、どごさ、逝った、おらを残して
うそだべうそだべうそだべだれがうそだどいってけろあやはあぶあぶぶぶぶぶ
嘆きの渦、悲嘆の呻(うめ)きかしましく、こだまがこだまを呼んで共鳴しあい、柔毛突起ども総毛だって激しく振動鳴動する。
てへんだあなじょにすべがあぶぶぶぶぶっぶぷぷ
ああ、くそっ、周造、いいおどごだったのに
周造、これからだずどぎに、なして
神も仏もあるもんでね、神も仏もあるもんでね
かえせじゃぁ、もどせじゃぁ
かえせもどせかえせもどせかえせもどせかえせもどせ

かえせもどせかえせもどせ神さまバカタレかえせもどせ
かえせもどせかえせ仏さまいるわけねじゃくそったれ
かえせもどせかえせもどせかえせってば
桃子さんはグラスを鷲掴みにし、握ったストローで哀れなソーダ水をこれでもかと掻き回す。回れ回るよソーダ水。未だ溶け残ったいたいけな氷が三つ、亭主の敵とばかりになおもなおもストローの先で弄くり回した。
嘆きの渦最高潮に達し、柔毛突起ども皆立ち上がり天にも届けとばかりに呻き叫べども、誰かのしわぶき、あきらめのため息をきっかけにしだいに勢い衰え、音なり静かになる。
それとともに一斉にうごめき揺れていた柔毛突起どもの渦、しだいに右に左に揺れ別れ、三つの大きな円になって鎮まり治まる。
桃子さんは手を止めて、回り続けるソーダ水の渦の中央に目を凝らした。
しばらくすると真ん中の円から夢見る瞳の柔毛突起進み出て語り始めた。

おらしあわせだったも
身も心も捧げつくしたおらの半生
周造のためにためにで三十と一年。満足であった。最高でござんした
んだんだほんだんだんだほんだんだんだほんだ

後ろに控えた柔毛突起大勢で右に左に揺れ動き、んだんだほんだの合唱を始めた。

独りよがりの話はやめでけろ
んだ、きれいごどばり言うな

突如左の輪から空を切り裂く鋭い突っ込みが入り、一同しんと静まり返った。

おらは半分しか生ぎでないと言ったの忘れだが

ときたまあぐびをかみ殺したの知らねど思ってるだが

涙こ、こぼしたのおらちゃんとおべでるぞ

あぐび、涙こ、何がなじょしてそうなった

決まってるでねが、知らね間に自分ば明け渡していた。残った我れの存在の空虚に知らず涙ばこぼしたづごどよ

はぁ、なにその観念語。我れの地に足の着いた言葉でかだれ、かだってみろ

……おら思うども、人のために生ぎるのはやっぱり苦しいのす。伸び伸びど羽を広げたい。空を自由に飛び回っていだい。それは誰もの本然の欲求だど思う。んだども自分の前になんぼ好ぎでも人がいる。その人に合わせて羽をおりただみその人に合わせで羽を動かす。苦しくなくてなんだべが

は、は、おめだ何をかだる。うづくしいもの、優れたものに身を捧げ愛に殉(じゅん)じる生ぎ方をどうしてこうも非難できる。有難く思わねで何とする

自分よりも他人を大事にするごど、それが愛だどいう

ひたむきな愛だの、一途な愛だのとほめそやす
自分のエゴに打ち克って人の幸せのために自分を犠牲にする、それがほんとの愛だど、正しい生ぎ方だど信じ込ませる

どこからともなくバックグラウンドミュージック！　際限なく流れる。

愛それは甘く、愛それは強く、愛それは尊く、愛それは気高く、
愛、あい、あはぁい、あふぁぁあいあればこそ世界はひとつ、
愛ゆえに人はうつくしー

おら……もっと自分を信じればよがった。愛に自分を売り渡さねばよがった
おらもっと自我を強く持って
はぁ、自我とは何だ。分がったようで分がんね言葉使んな
我ならば知ってるじょ。ガガガガガ、ガ

自我どは結局、自分主権ってごどだべ。これが何より尊がったんだな。よぐよぐ考えれば当たり前のごどだ

……おらくやしいのは新しい女のつもりだった。家に縛られない。親の言いなりにならない。それで出できた、故郷を捨てだ。で、それで何だったか。結局古い生き方に絡め捕られた。誰それのために生ぎるという慙愧怨念の生ぎ方をしてしまった

あいやぁ、そこまで言うが、そこまで言っていいんだが

おめはそれほどのもんだが

真ん中と左、互いに見交わす顔と顔、しだいに不穏な空気に包まれて一触即発。

そこに柔毛突起数騎現れた。

やめろ。これ以上無用のいくさはするでない。これでは互いに首をばかいて

んげる

あ、熊谷次郎直実（くまがいじろうなおざね）さま。教科書であなたを存じ上げましてより密かにお慕い申し上げておりました

あ、ドン・ガバチョ、トラひげもいる。おらの好きな人間の典型。おらのあこがれのミュージカルスター。おらの心のうちで長期発酵長期熟成されて血肉化し、今や柔毛突起の重要な一角を占めるに至った……ちょうどよがった。今ここで愛どはなんだべがどいうことを、徹底的に語り合ってみようではありませんか

そうだ、いつもにこにこ現金払い。即断即決。はっきり白黒つけよじゃないの

愛それは気高く愛それは強く愛それは……

誰が、そのうるさいBGMをやめでけれ

おらが知りたいのは、おらどの愛に問題があったのが、それとも男と女の愛そのものが問題なのが、ずごどだべ

もは分がってるべしたら
愛はくせもの
愛どいうやつは自己放棄(ほうき)を促(うなが)す
おまげにそれを美徳と教え込む
誰に
女に
あなた好みの女になりたいー
着てはもらえぬセーターを寒さこらえて編んでます
何とかならないのが、この歌詞。この自己卑下。奴隷根性
せめでおらの柔毛突起ども、その中の女、まだ居残り居座る女の中の女、よ
聴いでけれ、耳をかっぽじってよぐ聴いでけれ
でいじなのは愛よりも自由だ、自立だ。いいかげん愛にひざまずくのは止め

ねばわがね
んだ。愛を美化したらわがねのだ。すぐにからめとられる
一に自由。三、四がなくて五に愛だ。それぐらいのもんだ
んで、二は
改めて言うまでもねべ

桃子さんはストローの先をかじりながら密かにうなずいたのだった。
そのとき、ひとことも言葉を発しなかった右側の一団がついに動き出す。

それだげが、ほんとうにそれだげが
おらはとってもそうどは考えられね
女が、弱いと見せかけで実は強い女が、やられっぱなしでいだべが、づごどだ
やられたらやりかえしていだのす。もちろんこれは無意識でのごどだども

従属して、目を伏せで、自分ばさておいで男に尽ぐす、尽ぐした。でどうなったが

おらは声を潜めで言うども、ここだけの話だども、男を呑み込んでしまったのす。後ろから操る。内面を支配する。男は女の後ろ盾(だて)無くしては不安で仕方がねぐなった。恐怖の二人(ににん)羽織状態。二人羽織は余興として見る分にはおもしれが、毎日のごどとなるどどっちゃも苦しい、息苦(いぎぐる)しい

場違いに派手な原色の羽根飾り黒網タイツの柔毛突起、激しく腰を振りながら現れた。

愛という名のもとにどちらも十全には生きられない

愛とはどういうものかしら

振り向きざまに言い放ち、たちまち消えた。

揺れ動いていた三群の柔毛突起どもしだいに霞んで消えていった。

桃子さんは密かに震えた。考えたくないことがどうしても頭に浮かぶ。桃子、周造は疲れでいだのではないべが。心をおめはんに預けで、懸命に走り続けで、自分が疲れているのも気が付かないで。走って、あの時倒れだ。桃子、おめの愛が周造を殺した。殺してしまった。

違うが、違うが違うが。

周造のために生きる。自分で作った自分の殻が窮屈だと感じ始めたちょうどそのとき、もう周造を介在せずに自分と向き合っていたまさにそのとき、周造が死んだ。

自分にかまけたばかりに周造の異変に気づけなかった。あんなに好きだった周造の終わりの時に桃子さんは周造を見ていなかった。その悔い、その痛みを今に引きずっている。

二人の間に流れた歳月。

周造とおらは似ている。周造を愛することはおらを愛することと同じ、何も変わらない、そう思っていた。

周造は父で、兄で弟で、ときには息子であったかもしれない。

どんなに近しくてもやはり自分ではない、他者である。そう気づくには十分な月日が流れたのだ。周造が変わったのではない、桃子さんが変わった。桃子さんは自分のために生きたいと願うようになった。桃子さんをどんなに責めさいなむ声が聞こえても、もう引き返せないし、周造、おらはやっぱり引き返さない。

それに。

亡くなる半年前ごろからの周造の不思議な笑みが忘れられない。

あの頃周造はさかんに木を刻(きざ)んでいた。彫刻刀で彫り上げた木版画。

周造も見つけたのだ。父由来でもなく、桃子さんのためでもない、自分の喜び。

周造。

おらどの愛は、ほんとはさっきがらこっちょがしい、つまりはそのこそばゆくて仕方がねのだども、それに代わる言葉が見つからねがら言うのだども、愛なんておらどの言葉に一番定着しね言葉だども、んだどもおらやっぱり言ってみるども。おらどの愛は変わったな、長い年月をかげで変容を遂げたのす。おらだちは成熟したんだでば。

人は変わるもんだな、変われるもんだな。

桃子さんは震える指でバッグから四十六億年ノートを取り出し、胸に抱きしめた。

四十六億年の過去があった。つづく未来もあると思いたい。

周造、おらどは途上の人なのだ。どうしても今を生きるおらどという限定、おめはんという限定からは逃れられない。それでも人は変わっていく。少しずつ少しずつ。だから未来には今とは想像もつかない男と女のありかたがあるのだと思う。そう思わせるものがこのノートにもいっぱい書かれてあるのだ。

遠くに思いを馳（は）せて、桃子さんの顔がしだいに柔らかくなって笑みさえも浮

かべて、

男と女のありかたはどう変わっていぐのだべ。家族の形態はどうなんだべ。子供はどやって育てでいぐのだが。

結婚という形態はもう無ぐなっているのがもしれねな。

人は独り生きていくのが基本なのだと思う。そこに緩く繋がる人間関係があればいい。

ノートを撫ぜながらあれこれと夢想する。桃子さんの目の奥の好奇心が動いて、

たとえば、西暦四千百二年。

人類はとっくに他の星にも移住しているべも。そしてこう、ときには母なる地球をなつがしく眺めるのだべが。

桃子さんは腕を広げて、それから小さく両手を丸めて望遠鏡のように覗いて、遠くを眺めるような目になって、

ガラスの向こうの水平線のかなたに広がる銀河、その中の小さな星に見入る

あまたの男だちの中に、おらは周造を見つけたい。だから同じくそばにいて遠くの地球に感嘆の声を上げるおらを周造も見つけ出してほしい。

周造、逢いたい。

グラスの底にまだ炭酸が溶け残っていたのか、気泡がひとつゆるゆると浮かんで消えていった。

4

朝の涼しさが増してきた。夜通し声の限りに鳴く虫の音もさすがに今はおぼつかない。

桃子さんは厚手のタオルケット一枚かけただけの布団の上でもう少しもう少しと粘っていた。頭はもう一滴だって眠れやしないのに、体はまだ布団を離れがたい。

どうせ早く起きても何もすることもないのだし。おんなじことの繰り返しだし。目覚めた時からどうせどうせのオンパレード、そんなときもあるさ、仕方ながんべさ、言い訳とも慰めともつかぬ合いの手を入れ、輾転反側（てんてんはんそく）なんども寝返りを繰り返していた。実は一週間ほど前から右足のふくらはぎから踵（かかと）にかけてしびれるような痛みがあった。それがぬけない。若いころだったらこれしきのこと何とも思わないのだが、今の桃子さんではこれは何かの兆候ではないかと考えずにおれない。衰え、老いの衰えがじわじわと押し寄せて、いつか動けなくなって、誰かの面倒になるなどということになったとしたら。不安が不安を呼んでたかが右足のしびれなどと思えないのである。死ぬことなど何にも恐れないと普段は豪語している。だがその一歩手前の衰えが恐ろしい。自分で自分を扱えなくなるのが死ぬより怖い、と桃子さんは思っている。将棋倒しのように悪しきほうに考えは向かって、老いるというのは結局のところ、負けを承知の戦のようなものではないのか、普段はきっちり栓をして微塵も表に出さない疑念までもがやすやすと浮上して、それがついつい桃子さんの心を暗くしていた。眠れないが起きられない、そのうち起きる起きないの問題だけでなく、どうせ生きていたってにまで発展しそうな勢いで朝から八方ふさがり、さすがにそれはまずいだろうとストップをかけるというか、これ以上の落ち込みを避けるというか、何とかせねばという気分も働いて、そのうちトイレにも行きたくなってきて、だが下っ腹にまだ若干の余裕があるようにも思えて結果、しょうことなしのぐずぐずを決め込んでいた。

そのとき桃子さんは確かに聴いたのである。おんで、おんでよ。

懐かしい声であった。耳朶を柔らかくくすぐる声。

反射的に飛び起き、何とも言えない笑顔を浮かべてあたりを見回した。かすかにうなずき、それからの桃子さんの動作は素早かった。七十を超した人とは思えぬ身のこなしでタオルケットを蹴上げ、滑り落ちるようにしてベッドを離れ、窓辺のカーテンを開けた。とたんにまばゆい日の光が床にほぼ水平にさし込んで来た。

あふれる笑顔で階段を降り身支度を整え、お湯を沸かし、雨戸を開ける。お茶を淹れ、お茶を差し上げ、灯明をともし、鈴を鳴らしという一連の動作が嘘のように新鮮だった。

目的がある一日はいいなどと声に出し、そうだ、おらに必要なのはこの目的だなすと応じ、いそいそと流しに向かってまず棚からアルマイトの弁当箱を取り出す。これは桃子さん小学校一年生のときに買ってもらった年代物。薄いピンクの地にチューリップの絵があったが、それもこれもかすれて金属の地肌がむき出し、おまけに表がでこぼこになってしまった。それも一興。子供らの弁当箱はとうに捨ててしまったが、これだけは捨てられない。

ほんとは子供より自分がだいじだったのだ、と頭の中右から左にかすめ、それを隠して生きてきた長の年月、と左から右へ。ほんにおらはバカだった、欺瞞もいいとこ、などと次々に鼻歌代わりの思い付きが口からポンポン飛び出し、その間手もおさおさ休みなく冷蔵庫を開け、電気釜を開け、手塩をして一口大の握り飯を作っていく。具は作り置きのひき肉と生姜のそぼろ、庭の紫蘇の実の塩漬け、ゆうべのじゃこの残り、ちゃっちゃと作り、半分は口に放り込むはお茶を啜るは、残りは手が勝手に動いて弁当箱に並べていく。余白にありあわせの白菜漬と干しプルーン二つ三つ。それで朝飯も食べ弁当も完成した。水筒に熱々のほうじ茶を入れ、リュックに詰めると間をおかず玄関に直行、靴ひもをきっちり結んで、ひょいと振り返って軽く一礼、出かけるときの桃子さんの癖である。

外は静かだった。金木犀がほのかに香る冷気を胸に吸い込み歩き始めたが、思い出したように大丈夫だろうか、これから小半日歩き、持ちこたえて無事家に帰って来られるだろうかと不安が頭をよぎった。

が、今足はぴりともしない。すこぶる付きの快調である。桃子さんは一層気を良くした。ひとりで生きていくと思えたときから、努めて足腰は鍛えてきたつもりだ。アスファルトを踏みしめる規則的な靴音が耳に心地良い。

大通りに出た。大通りと言ったって今となれば道幅が少し広いだけ。かつてはスーパーだの寿司屋ラーメン屋洋品屋なんでもあって時分時になれば人通りが出てにぎわったものだが、ここ十数年来閑散としている。町も人と一緒に老いるのかと頭をよぎるがそんな辛気臭いことは今考えまい。こんなとき桃子さんの口をついて出るのは、紅旗西戎わがことにあらず。高校時代の恩師の口癖で曰く因縁のある言葉らしいが、とりあえずなにも眼中に入れないという意味で桃子さんは使っている。この道をしばらく歩いた後、右に折れてさらに進む。北のはずれにある第三公園に着いた。もともと丘陵地に造成された人工の町だけれど、丘のはずれには規格外で取り残されたとでもいうべき場所もあり、そこにはまだ昔ながらのけもの道のような細道が残されてあったりする。それは丘の麓まで続いていた。

第三公園の脇から入る細道もそんな道だった。

ここらへんに来ると誰もいないのについあたりを見回したくなる。この道の奥に正司と仲良しだった双子の兄弟と三人で作った基地があって、おばさんこれ絶対秘密だよ。おばさんだけ招待してあげるから。人目をはばかって子供らの作った秘密基地にご案内されたこともあったのだ。子供たちに連れまわされてこの辺一帯を歩き回った。おかげで地図にも載らない小道まで詳しくなった。それもこれも遠い日の話である。今その道に分け入る。入った途端、朝露に濡れた草の端がズボンに突き刺さってひやりとした感触があるが、かまわず前に進んだ。公園の縁に沿って道は続いている。道と言っても、真ん中にわずかに赤茶けた土がのぞくほどで、両側に実を結んでたわんだ秋草が生い茂っている。夏場はおそらくほとんど人も通らない。桃子さんも冬場は足繁く通う道だが、夏場はさすがに蛇毛虫を厭うて来ない。最後に来たのは梅雨入り前であった。やっとこの季節が到来したのか、この秋も無事に来られた。しみじみと何ものかに感謝する気分になる。若いころには考えられなかった感情である。

この道は亭主が眠る市営霊園に続く道なのである。もちろん、バスを使って駅まで行き、霊園行きのバスに乗り換えるという方法もある。それだと距離的にはだいぶ遠回りだが、体はずいぶん楽である。だが桃子さんはめったにバスで行かない。手弁当で、手前の足で行くことにこだわっている。小半日時間はかかるが、それだけの手間暇をかけて亭主のもとに通う自分、というのに酔(よ)うているのだった。

それもじきに忘れた。歩くほどに、歩くために歩いているのだと分かってくる。

土を踏む。思うさま踏む。歩くほどに喜びが増してくるのは、やはり自分は山の人間なのだろう、ふわりと浮かんで消えていく、そんな思い付きともいえない思い付きが楽しい。山の人、郷里を離れてもう五十年になるのに、手足に深く刻まれた山の記憶が、今こんなに自分を喜ばすのに違いない。山だし、それでけっこう、鼻で笑った。道はますます険しくて踏みまがうほど、抗う草にこちらも負けまいとして草を漕ぐ。ひと足ひと足かき分け蹴散らし踏み潰し、たわんで跳ね返って足を打つ草々を思うさまねじ伏せる。なぜこれほどまでに草と取っ組むのか。自分でもおかしい。歩くほどに抗うほどに自分が削がれる心地がする。削がれ削られたてらてらの底には、猛々しく唸る獣がむき出しになっている。旧知であるにもかかわらずろくな挨拶もせずやり過ごしてきた長い年月。今やっと、ややあと声をかけ、うふうふと笑う。おだやかで従順な自分は着込んで慣れた鎧兜、その下に凶暴な獣を一匹飼っていた。そうでなかったかい。獣を腕に包んでよしよしでもしてやるか。ずっとないがしろにして見て見ぬ振り決め込んだのに、腐らずよく生きていてくれた、そんな気持ちに一瞬なりましたとさ。

　猛々しいものを猛々しいままで認めてやれるなら、老いるという境地もそんなに悪くない。そう思って桃子さんは歩いている。亭主墓参のため、行く道すがら出会える自分が実は楽しい。

ズボンのポケットのあたりまで水が滲みた頃、やっと草の林を抜けた。ここから先は緩やかな下りの竹林だった。

竹は放っておけば次々に生え密生するから重なった竹の葉に阻まれて光は地面にまで届かない、下草もない。枯れた竹落ち葉の上は歩きやすくて、おまけにこの辺りに来るとさすがに人家の影も見えず、時折聞こえた車の音もしなくなる。ほっとして肩の力を抜いて周りを見回すゆとりもできてきた。

喋れ、喋ってみろ。と声がする。

桃子さんは普段からひとりごとが多い。自分で言って自分で答える。ひとり暮らしの習い性だと思うが、外出したとき誰かに聞かれたら具合が悪い。その程度の見栄はあるので、外に出たときは緊張するのだった。それがこうして外でまったくのひとりともなると心の底から解放される。なんでも喋れ、なんだって聴いでやるじゃい。そう思えば、案外何も語るものがないのだった。空っぽうが空っぽうのまま歩いている。それでいて何の過不足もない。ただ地面を打つ足裏に柔らかな跳ね返りを感じながら歩く。時折立ち止まって耳を澄ませる。目をつぶる。

竹の幹がこすれあって出る不思議な音に初めて気づいたのはあれはいつだったのか。故郷では孟宗竹(もうそうちく)など見たこともなかったから、初めて聞いたときは驚いた。竹の後ろから何かが出てくると思った。とても植物の醸す音とは思えなかった。竹の闇にも驚いた。手の入らない竹林ほどその下は暗い。真っ暗になる。一番驚いたのはその暗闇に親和する自分。あれほど子供のころは暗がりが苦手だったのに。

じっと目を凝らして、目が慣れてくると目をつぶって暗闇を透かした。網膜に極彩色の絵が次々に現れては消えて行った。目の中だけの世界だけれど、厚みもあり深さもあった。分け入りたい、それができないならせめてあの場面のあのところをもう一度見たいと思ってもそれもできない。ただ次々に入れ替わる錦絵(にしきえ)を口をあんぐり開けて見るしかなかった。あれはいつだったのだろう。そんなに遠いことでもない気がする。

気づけばしきりに脇腹をさすっていた。さっきから腹にイガイガした感触がある。見ると粘ついた草の実が何粒も上着にくっついていた。引っぺがすかと思って実にさわったが中途でやめた。草の実もイガイガも身に添うものはみな自分、そうでなければ淋しい気がしたのだった。

秋か。秋なんだなぁ。吐く息と一緒に思いがけない大きな声が出た。おら何如な実を結んだべが。一つ言葉が出ると次々に新しい言葉が竹の林に放り出された。

何にも、何にもながったじゃい。亭主に早くに死なれるは、子供らとは疎遠だは、こんなに淋しい秋の日になるとは思わねがった。

さばさばとした答えだった。不意に腹の底から笑いが込み上げた。大きな叫ぶような哄笑。それが止められない。なんでこんなにおかしいのだか桃子さんにもわからない。でも腹をたたいて涎を垂らして笑っている。こみあげてせきあげる可笑しさに耐えきれないでいて、そのくせ、なんで笑っているの、どこがおかしいのと驚愕している桃子さんもいる。

ひとしきり笑って笑い疲れて竹落ち葉の上にべったりとすわっていた。

そのまましばらくじっとしていた。

長く生きていれば記憶の底に様々な笑いがあったことはすぐに思い起こされた。幸せに直結した笑いもあれば今のように制御不能の笑いがあることもすでに桃子さんは知っている。そんな笑いはたいてい絶望の果て笑いに転じたものであるというのも経験済みのことだった。だが今、桃子さんが笑ったのはそれとはまた別ものだという気がした。今直面するのは絶望というのには遠い。かといって喜びというのでも尚更ない、しいて言えば淡々と過ぎ去る時を待つ今の笑いである。そこにはいったい何が含まれているのだろう。そう思ってしつこいやつと桃子さんも半ばあきれるのだが、新しい問いを見つけたとも思った。問いがあればさらに深められる。自分に対する好奇心、それが待つだけの日々の無聊を慰めてくれると、桃子さんは祈りにも似た気持ちで信じているのである。

ゆっくり立ち上がり、尻の葉を手で払いながらまた歩き始めた。

退屈な日々、仕方がねがえん、おら年を取ってしまったのだものとわが身を慰めて、それでは一番輝いていたのはいつだったのだろうと歩くすさびに考えた。

子供の時分、周造と出会った頃、小さな子供二人を抱えて懸命に生きていたころ、立ちどころに桃子さんに笑みがこぼれる。どれもこれも懐かしくて温かい。桃子さんにとってみれば珠玉の日々。でも違う、かすかに首を振って、あの頃ではないと思った。

幸せで満ち足りていたと言えば確かにあの頃なのだろう。だが、これまで生きてきた中で心が打ち震え揺さぶられ、桃子さんを根底から変えたあのとき、周造が亡くなってからの数年こそ、自分が一番輝いていた時ではなかったのかと桃子さんは思う。平板な桃子さんの人生で一番つらく悲しかったあのときが一番強く濃く色彩をなしている。

周造を喪(うしな)ったあのときでさえもう遠く隔たった今、静かな目で桃子さんはうなずく。

世間でよくある態の悲しみ、どこにでもある避けられない死別の悲しみであったと、すでに相対化されてもいる。それでもあの当時の痛みは鮮明ですぐに心の奥から取り出せた。

不思議なことに痛みを呼び戻す時だけ桃子さんは十も二十も若返って、あの当時に戻れると思うから皮肉である。痛さも痛し。しかれど、つかの間であれ若さもほしい。覗き込んでみようか、誰もいないもの。あの当時まだ若かった妻の心情。ペロッと舌を出して、桃子さんはあたりを見回した。心持ち背筋が伸びた、歩幅が広がった。

亭主に死なれた当座は周造が視界から消えたということより、周造の声がどこを探してもどこからも聞こえないということのほうがよほど堪えたのだった。周造の死は到底受け入れ難く、耳の奥が熱くなるほど周造の声を探して耳を澄ませていた。

心も体もへとへとなのに横になると目が冴えて眠れない。ほぼ一睡もしないで明け方を迎えて、ああ今日も周造がいない一日が始まるのかと思った。そんな日が何日も続いた夜、布団に横になって目ばかりぎらつかせて、そのくせ何も見ていなかった。もうこの先何もないように思われた。そのとき、疲れているんだろ、俺が朝まで見守っててやる。だから休みなさい。突然、周造の声が聴こえたのだ。驚いて話しかけようとする桃子さんに寝ろ、寝ろと強い調子で言うのだった。周造、いるのがここに。ほんとにいるだが。暗闇に話しかけた。うれしかった。ほんとうに。体全体に優しい重みが加わって体は脱力してとろけそうになるほどなのに、目は覚醒している。体を動かしたら消えていなくなりそうで、眠ったらいってしまうようで、でもそのまま眠りに引き込まれていった。

それから周造の声が聴こえるようになった。そのたびに桃子さんは狂おしいほどにあたりを見回した。驚愕してもいた。

周造の声が聴きたい。何より望んでいたことなのに今度は聴こえてくることが信じ難い。

いったいどこから、その意味を探した愚直（ぐちょく）を今になって桃子さんは笑う。桃子さんを取り巻く現実のどこかに、きっと針の穴ほどの破れ目があり、そこに今あの人が住む世界への通路が開かれている。あの声はそこから聴こえてくるのだとあの当時必死で考えた。

周造はいる。必ず周造の住む世界はある。桃子さんはそう思った。歯を食いしばりながら、ただ今は別々なだけと自分に言い聞かせた。そして目をみはった。自分の変わりように。

亭主が死んで初めて、目に見えない世界があってほしいという切実が生まれた。何とかしてその世界に分け入りたいという欲望が生じた。それまでは現実の世界に充足していて、そんなことは考えもしなかった。それだのに。科学的でないことは受け入れない、自分は戦後に教育を受けた新しい人間なのだ、頑（かたく）なにそう思っていて、そんな世界を吹聴する人を旧弊（きゅうへい）とひそかに軽蔑してもいた。それだのに。だがその時はもう、自分がこれまで培ったと思っていたものが全部薄っぺらなものに思えていた。ほだっで、おら何も知らねがったじゃぁ。

あの当時ため息のようにして何度繰り返したことだろう、何も知らねがった。

　体が引きちぎられるような悲しみがあるのだということを知らなかった。それでも悲しみと言い、悲しみを知っていると当たり前のように思っていたのだ。分かっていると思っていたことは頭で考えた紙のように薄っぺらな理解だった。自分が分かっていると思っていたのが全部こんな頭でっかちの底の浅いものだったとしたら、心底身震いがした。

　もう今までの自分では信用できない。おらの思ってても見ながった世界がある。そごさ、行ってみって。おら、いぐも。おらおらで、ひとりいぐも。

　切実は桃子さんを根底から変えた。亭主が今ある世界の扉が開いたのだ。笑うだろうか、今声が溢れる。様々な声が聴こえるのだ。桃子さんが望めば、いや桃子さんが予想だにしないときでさえ、声が聴こえる。亭主の声だけでない、どこの誰とも分からない話し声が聴こえる。今はもう、話相手は生きている人に限らない。樹でも草でも流れる雲でさえ声が聴こえる、話ができる。それが桃子さんの孤独を支える。桃子さんが抱えた秘密、幸せな狂気。桃子さんはしみじみと思うのだ。悲しみは感動である。感動の最たるものである。悲しみがこさえる喜びというのがある。

今、亭主の声が聞こえてもあの頃のようにきょろきょろ周りを見渡したりしない。どうやら声は内側から聞こえてくるのだと桃子さんは知っている。では通路は、あの世に繋がる通路は桃子さん自身の中にあるというのか、そこまで考えて、桃子さんはのどの奥でひゃっひゃと声にならない声をあげて笑う。何如たっていい。もはや何如たっていい。もう迷わない。この世の流儀はおらがつぐる。

亭主が亡くなってからというもの、現実は以前ほどの意味を持たなくなった。こうあるべき、こうせねば、生きる上で桃子さんを支えていた規範は案外どうでもいいものに思えてきた。現実の常識だの約束事は亭主がいて、守るべき世界があってはじめて通用する。

子供も育て上げたし。亭主も見送ったし。もう桃子さんが世間から必要とされる役割はすべて終えた。きれいさっぱり用済みの人間であるのだ。亭主の死と同時に桃子さんはこの世界とのかかわりも断たれた気がして、もう自分は何の生産性もない、いてもいなくてもいい存在、であるならこちらからだって生きる上での規範がすっぽ抜けたっていい、桃子さんの考える桃子さんのしきたりでいい。おらはおらに従う。どう考えてももう今までの自分ではいられない。誰にも言わない、だから誰も気づいていないけれど、世間だの世間の常識だのに啖呵を切って、尻っぱしょりをして遠ざかっていたいとあのときから思うようになった。

視界が急に開けた。ここに来るといつもながらハッとする。竹林が途切れてここから先は急な石の階段なのだった。丘陵の北の端にあるこの階段は年中日が差さず湿っていて、石は苔に覆われている。桃子さんはその苔の目に滲みるような深緑を愛している。その柔らかな手触りも好きで、二度三度と触らずにいられない。迂回して階段を避ける道もあったが、その濃い緑に会うために直進する道を選んだ。すべらないように注意深く一段一段降りていく。不思議なことだがこの階段一段降りていくごとに、一段分の落差と一緒に桃子さんの心も一段分下降する気分になる。尻っぱしょりか。足元に慣れてくると桃子さんはまた最前考えていたことを思い出した。自分ながらずいぶん古臭い言葉を引っ張り出してと笑った。もう誰も使わないし、第一知らないだろう。言葉もいつか古びて滅びていくのだ。変わらないものなどない。そして周造の死を思った。亭主の病に気づけなかった責め、自分だけまだのうのうと生きている負い目を、心のどこかでずっと持ち続けて生きてきた。それも一年一年と時の経つごとに薄れていく。仕方がないこと。人間の力で如何ともしがたいことがある、そういうことが骨身に滲みて分かってきた月日と重なる。悔いも責めももういいのだ、許されていい。悔いがあるとしたら。その時だった。あと一段だけ、それで油断したのかもしれない。足が滑って右足のくるぶしをしたたか石の角にぶつけてしまった。激痛が走る。息を止めて痛みをこらえた。しばらくして固く閉じた唇の端から薄い息が漏れて、やってしまった。ああどうするべか。後悔しかなかった。このまま前に進めるだろうか、引き返そうか。振り返ると、今降りてきた階段が尚更高い壁になって目の前にある。前に進もうといってもあと行程三分の二ほど。歩き通せる自信がない。調子が良くて忘れていたが、この間からの右足の痛みが再燃して今熱く火照るようなしびれがあった。やはり引き返そうか。やんた。強く遮るものがある。やんたじゃい。何か無性に腹立たしい。

今ここで足いだいがら止めろてが。

年ょったがら、無理すんなてが。

このまま取って返す自分は、何やかやと理由を付けて無理をせずうやむやに流して生きてきた、これまでの桃子さんに重なる気がして、すぐそれだ、それだったでば。何のかのと甘えてけつかる。行くでば。行がねばなんね。

近くに落ちている手ごろな棒切れを探して、それを杖代わりにして立ち上がり、足を引きずりながら歩き始めた。幸いここからしばらくは平坦な道である。今降りてきた丘の縁に沿って小川が良い音を立てて流れている。この川に沿って短い草の生えた柔らかな農道が続き、道を挟んだ反対側は稲を刈り取った後の田んぼが一面に広がっている。ゆっくり行けばいい。そのうち治まるだろう。
だが、いつまでたっても痛みは引かなかった。桃子さんは何度も立ち止まり、来た道を振り返ったが、そのたびにいやいやをするように首を振って、また前を見た。額に脂汗が滲んだが、杖をたよりに歩き続けた。目の前の道が限りなく遠くまで続いているように思えた。

足を引きずり引きずり、桃子さんは考える。

何が救いどいうものがないものだべか。

このじんぐじんぐどした痛みに何が意味がないものだべか。

桃子さんはつくづく意味を探したい人なのだ。意味を欲する。場合によっては意味そのものを作り上げる。耐えがたく苦しいことが身の内に起こったとき、その苦しみに意味を見出したい。その意味によってなるほどこの苦しみは自分に必要であったと納得できたとき、初めて痛みそのものを受け入れられるし、苦しむ今を肯定できる。亭主が死んでしまってこの方、桃子さんにべったり貼り付いた、言ってみればたった一つの処世術だった。

意味さえあれば。我慢もできる。

そう考える一方で、たかだか小半日歩くだけなのに仰々(ぎょうぎょう)しい、そもそもなぜ自分は墓までの道のりを歩き通したいのか、と疑念も頭を掠めた。

それでまた問い詰める。桃子さんもほとほとあきれるのだが、面倒な人なのである。

探ればすぐに内心の歯ぎしりするような思いに辿り着けた。

それは自分はかつてぎりぎりまで戦ったことがあっただろうか、というようなものなのだ。桃子さんは戦いたい人間であった。にもかかわらずこれまで涵(かん)養(よう)してきたのは従順、協調というような詰まるところ、いかに愛されるかに腐心してきたのであって、戦うというか、鍛えるというか、根を詰めるというそういう力をついぞ養ってこないまま今に至ってしまったという悔いを引きずっている。では何故そうなってしまったか。この問いは桃子さんにしてみれば、糠床(ぬかどこ)の糠に相等しい。毎日かきまぜてきた。七十五になんなんとする今、桃子さんが分かったことは単純にして明快、よく言えば素直、悪く言えばぼんやりだったことに尽きる。

桃子さんという人は人一倍愛を乞う人間だった。およそ家庭的な愛にも恵まれていたのになおもっともっと。人を喜ばせたいという気持ちも強かった。そのために人が自分に何を要求しているかに敏感だった。その要求に合わせていかようにも自分を作っていけるような気がした。人が桃子さんに求めたのは何だったか。やさしさ、従順、協調性。いつでもどうぞ。いつか桃子さんは人の期待を生きるようになっていた。結果としてこうあるべき、という外枠に寸分も違わずに生きてしまったような気がする。それに抗うほど尖ってもいなかったし、主張するほどの強い自分もなかったのだ。

気づくために費やされた時間が、すなわち桃子さんの生きた時間だった。あいやぁ、というより他はない。

今、たかだか自宅を出て亭主の墓に詣でる、たったそれだけの道中でも止み難くあるのは全力でやり通したい、目的を立ててそれを完遂したい、という願いである。だがそう語る端から、からかうようなあざけるような声で遅い、遅すぎる、なにを今更、と引きとどめる声もした。桃子さんの日常はこういう綱引きの上にある。

行くもならず帰るもならず、いっそこのまま農道に寝っ転がって不貞寝でもしようか、捨て鉢な気持ちも浮かんできて、それでもとにかく歩くのは止めない。

日は高くなってきた。今、桃子さんは惰性で足を進めるだけである。

あんときも痛がったよね。

拗ねるような甘えるような声がした。杖を持つ左手にぶら下がるようにしておかっぱ頭の小さな女の子が立っている。女の子は桃子さんを見上げて、いだがった、おらいだがったおん、と言った。ポイと手を離して桃子さんの二三歩前を弾むように行く。くるんと振り返って手招きした。

ほだった。桃子さんは手を差し伸べてよたよたと前に進む。

どうしてもこの小さな女の子のきっちり切り揃えた額髪を掻き上げ頰ずりし

たい、お人形さんでも抱くように胸に抱き寄せたい。あの髪の毛は日向のにおいがするはずだし、あのリンゴのような赤いほっぺたはひんやり冷たいはずなのだ。女の子の頬に手を触れられると思ったとたん、おかっぱ頭はきっかり二三歩分前に行く。桃子さんは追いかけ、女の子はきゃっきゃと笑ってまた手招きした。

桃子さんの目の前の、秋の日ののどかに広がる田園風景も小気味いい音を立てる小川もふやけて遠のき、故郷の小雪の舞う冬の初めの風景が広がっていった。

桃子さんは前に進む。女の子は盛んに手招きして桃子さんを一軒の家に案内した。

そこは涙の出るほどなつかしい父がいて母がいて祖父母兄、嫁ぐ前の叔母たちの住むにぎやかな故郷の家だった。桃子さんは気がせいて震える手で引き戸に手をかける。戸を開ければ、ばっちゃの割烹着に顔を埋めたときと同じ匂いがした。この匂いこそ故郷の家そのものなのだ。上り框（かまち）に足をかけたとき、桃子さんは自分の足が小さくなっているのに気が付いた。足だけでない、手もふっくらとすべすべの丸まった小さな手に変わっている。驚いて玄関脇の小部屋に急ぐ。母の鏡台がある筈だ。あった。布を引き上げ覗き込むと、桃子さんは五歳くらいの小さなおかっぱの女の子になっていた。桃子さんは震える。額髪を掻き上げ、頬に手を当てる。この弾力この匂い、おら、だ。子供のころのおらだ。なんたらうれしべ。なんたら軽いべ、この手足。夢のよだでば。桃子さんは狂喜してそれでもうすうす気づいてもいる。心は老いたる自分のまま取り残されてそこにあると。それでもいい。おらはおらに会いたいのだ。戻ってみって。体と心がちぐはぐのまま、なつかしい足の痛みに連なる遠い昔に引きずり込まれていった。

ほだった。おらはと言えば生まれつき左利きだった。父がそれを心配した。字を左手で書くのでは体裁が悪い。大きくなって恥をかくべも。どうやらばっちゃの入れ知恵もあったらしい。近隣の年頃の娘さんに和裁を教えていた祖母は運針が左から右ではみっともないというのだ。編み物を習うにしても何にしても、教えるほうだってだいいち教えづらかろう。そんな理由で三つか四つかそれくらいのときに、食事どきは左手に手拭いを巻かせられて、父の膝に抱かれて右手に箸を持った。すでに焼き魚は食べ良いようにむしってあるし、野菜のお浸しは一口大にまとめて皿に盛ってある。それを全く力の入らない右手で気のないそぶりで小首を傾げながら口元に運ぶと、そばにいたばっちゃがひとくちごとに、なんたらばめんこいわらしこだおん、なんたらば賢(さが)しいわらしこだおんと褒めてくれた。

一度褒められれば二度褒められたい。ばっちゃだって喜ばせたい。それで箸も鉛筆も右手で持つようになったが、相変わらず右手にはどこか力が入らない。ばっちゃは何かにつけておらをさがしいの、めんこいのと言った。それでいい気になった。ばっちゃの言葉にまんまと乗せられて、おらは自分がかわいくて賢(かしこ)い子供なのだと信じて疑わねがった。

小学校に上がった。

隣に座った子はタエコチャンという髪を三つ編みに結ったかわいらしい女の子だった。タエコチャンはきびきびとして機転の利く子で、前の子が消しゴムを落とせばぱっと拾ってやり、紙が配られて後ろがごそごそしていれば、先生何枚足りません、と言ってもらってきてあげる子だった。おらはそれをただぼうと見ているだけだった。

体育の時間だった。運動会の練習で行列を作って行進するのだった。右向け右と号令がかかって、だがおらだけ右向け右が分からない。みんなの右とおらの右は違うと思っているから、さてどっちの右なのか、まごまごして焦って、えいやっと適当に向くと隣の子と鉢合わせした。前へ進めと言われるとおらの組だけ行列が滞る。そんなことが何回もあってさすがに自分がどんくさくて間抜けで体を固くして小さくなっていた。先生もたまりかねたらしい。帰りの会でみんなにそれとなく右手を挙げでみで、と言った。分がらない。後ろで笑い声が聞こえた。隣でタエコチャンが小さな声でお箸を持づほうといった。その途端おらはうわんと泣いだ。タエコチャンに、ほかならぬタエコチャンに言われだごどが悔しくてたまらない。タエコチャンのような本物の賢くてかわいらしい子の前で、ばっちゃはああ言うけれど、ほんとはおらはどんなわらしこなんだか分がらないと泣いた。

桃子さんはくすんと笑う。子供のころを思い出して鼻先で笑えるほどには長らえたのだ。

それから間もなくして小雪の舞う冬の初め頃だった。

いつもはねぇちゃんと呼んでいる年の近い叔母のお下がりばかりなのに、その日は真新しい赤いコールテンのズボンを穿いてはしゃいでいた。いつも誰かしら大人がいるのにその日に限って叔母と二人だけで留守番していた。外は寒くて遊べない。

ねぇちゃん、かくれんぼするべし、なぁ、かくれんぼするべし。

渋るねぇちゃんにせがんで家の中でかくれんぼすることになる。納戸の暗がり、米櫃と戸棚の隙間、大きな漬物桶が並んだ片隅、戸袋の陰、古い家には暗がりがなんといっぱいあったのだろう。おらはしまいに赤々と練炭の燃える掘りごたつに隠れた。そこで酔ってしまった。ねぇちゃんが見つけて引っ張り上げられたときには何が何だか分からなくなっていた。ぼんやり下を見るとズボンが燃えている。ねぇちゃんが素手で火をたたいて消してくれて、だんだん意識がはっきりしてくると、足首が痛くてたまらない。泣いていて見るに見かねたねぇちゃんが小皿に醤油を持ってきた。やけどには醤油が効くと聞きかじっていて、ぺたぺたとおにぎりにでもまぶすように塗ってくれた。飛び上がるような痛さで泣き叫んでいるところに、じっちゃが帰ってきてすぐに近くの診療所に連れて行かれた。

深度三のひどいやけどで結局ひと冬診療所に通った。

やけどしたのは右足だった。おかげでおらはもう右に悩まなくなった。右と思った途端、てらてらした四角いやけどの跡がすうすうして、ほらこっちこっちと教えてくれた。なんだか足にも心があるようだと思ったりした。

今でもかすかに残るてらてらの四角。思えばそこは窓だった。いろんなものが垣間見える。大きな箱型の橇に乗せられて診療所に通ったこと。橇には大きな鈴が付いていて動けばシャンシャンなったこと。軟膏の匂い。ガーゼの上の油紙はその頃まだ家にあった番傘と同じ匂いだったこと。番傘は雨粒がぱらんぱらんと鳴って大好きだった。素手で火を消してくれた叔母のこと。医者に叱られてしょぼくれたこと。たった一日しか穿かなかったズボン。行く途中に松林があったこと。往きはガーゼをはがす時の痛さを思って体を固くして、帰りはほっとしてあたりを見回しながら意気揚々と帰ったこと。雪道に松葉が点々と浮いていて橇が踏みしめると松の良い香りがしたこと。橇の鈴の音が往きと帰りでは全然違ったこと。すべてなつかしくてあたたかい。

今、じんぐじんぐと痛むおらの足だら、いい目も見だしたら。うなずく桃子さんの足取りは少しだけ軽くなる。

腰のあたりに柔らかな温かみが加わった。誰かが背中を押している。振り返れば、若い女が立っていた。

上気した顔で桃子さんを見ているが、おそらく何も見えていない。

周造が、おらの、ううんわたしの、足を、右足をつかんだ。つよぐにぎった、と言った。

女の言葉は、息せき切って独りよがりで断片的で、

はじめて、周造に誘われたも。山、ハイキング、周造は山が好ぎ、ほんとに好ぎ。おら、ううんわたしも好き。お弁当持ってった。うんとうまいの。お弁当広げて、食べてるとぎ。

桃子さんは若い女をじっと見る。

足、山ヒル、くっついてた。ぎゃって声あげた。そしたら、びっくりして周造、山ヒルつかんで引っ張って、足、傷口から、血が噴き出して、それでつかんだ。つよぐにぎった。

桃子さんは笑う。若い女と声を合わせて、体中に電気が走った。

そんな時もあった。頰を染める若い女を懐かしそうに覗き込む。

周造と自分だけ。それ以外に何もいらない。幸せに酔うている女の顔である。

見えるものしか見えない女である。

いつか終わりがあるのだとは夢にも思わない。
あきれるほど何も知らない女である。
桃子さんはその女がやはりいとおしい。

いきなり濃い赤が目に飛び込んできた。彼岸花(ひがんばな)の大群だ。何百本もの彼岸花が今を盛りに燃えている。やっとここまで辿り着いたか、桃子さんは大きく肩で息をした。

小川に立派な鉄橋が架けられている。その向こう、石段を昇ると地元の人たちが大切に守っている鄙(ひな)びたお社(やしろ)がある。彼岸花はそのお社の周辺や石段の両脇に広がっていた。祭りの夜ともなれば、提灯(ちょうちん)がともって、暗い夜空に彼岸花の濃い赤と茎の鮮やかな黄緑が提灯の明かりに照らされてそれはそれは美しい。周造の好きな景色だった。カメラを携えて何度も足を運んだものだった。懐かしくて足を止めた。

周造はこの光景を何枚も写真に撮っていた。一度カメラを借りて彼岸花の向こうの周造を撮ったことがある。現像された写真にははっとするほど美しい周造が映っていた。周造がこちらを見てにこやかに笑っている。この周造の目にはおらが映っている。おらだけが映っていると思った。そして一瞬、一瞬だけ、この写真は周造の遺影になると思った。思った端から打ち消した。考えるさえ空恐ろしいことだった。たとえ一瞬でも許せなかった。

なぜそんなことを考えたのか、もしかして、おらの中に。

十年たって、それは現実になった。あれ以来桃子さんの片隅にうずくまって顔を上げない女がいる。

今、桃子さんは黙ってその女に手を差し出し、引っ張り上げて一緒に歩いた。ともかくも歩き続けるしかない。

日は中天に差し掛かった。地面に短い影が出来ている。いつもならばとっくに帰り道を歩いていなければならない頃だった。道端によって水筒のお茶で一息入れてすぐまた歩き始めた。足はもう棒のようで感覚がない。痛みも慣れてしまえばもうどうということもない。桃子さんは今、自棄のやんぱち威勢がいい。

桃子さんの左側に新たに女が加わった。桃子さんは顔だけ横向けにその女を盗み見る。

中年の女だった。女はただまっすぐ前を向いて歩いている。横顔がさびしそうだった。

別れが必然であるなら、生きることそのものが悲しいことなのだと気付いた女の顔だった。

だがただそれだけだろうか。桃子さんは女ののど元に熱い塊があるのを見て取った。

女は話したそうだった。桃子さんにというわけでない。ほかの誰かに、というか女の周りに大勢の人がいるかのようで、その人たちに話しかけたいようだった。

女はあたりを見回して、ひとことひとことと確かめるように話し始めた。

心がへし折れてどうなだめてもどうしようもないときがある。身の置き所がないというか、けだるい物憂い。いいさそんなどぎもある。仕方ねべも。おらは半ば観念して、際限のない震え上がるようなさびしさにどっぷりどつかっていだ。

外は澄んだ抜けるような秋空なのにおらは閉じこもってあの人のお仏壇の前に横ずわりに座っていで、涙ってやつはだらだらきり無しに流れるし、おらは自分ながらあきれでそのまま横になって手足を投げ出した。もう目を開けるのさえやんたがった。目を開ければ現実が見える。頬と手の甲にひんやりした畳の感触。それだけでいい。目をしっかりつむって何にも見ない。そうやって小さく小さく息をした。消え入りそうなくらいの浅い息。

かすかな吐息は肩も胸も横隔膜さえ上下動しなくておらの生きている気配すら消えて、それでいいのだ。いっそおらごと全部消えてしまえなどと思っていたそのときに、確かに声が聞こえた。ほんとうに聞こえた。ほんとうに。

おらの内部から発している、だが決して、誓って言うけれど、おらのあずかり知らないところの声で、溶け込みなさい、溶け込むんです。低い落ち着いた女の人の声が聞こえた。

やさしいけれど有無を言わせないところがあった。その声の赴くところに行きたいような気持ちになって、なおもなおもかすかな呼吸を繰り返した。不思議なことだけれど、ほんとに不思議なんだけど、だんだんおらの手足、足指の先に至るまでなんというか際があいまいになっていぐという感じがした。体の表面が限りなく薄くなって境目がなくなって、おらはほどけでいぐ。おらは空中に拡散して、部屋中におらとおらの悲しみが充満していぐ。おらは全体でもあり部分でもあるというような、浮遊して解き放たれるというような気分になって、何とも言えない穏やかな安らいだ心地がした。それでいて意識はどこか一点に集中してもいて、今起ごっているこの初めての感覚に驚愕していだのす。おら、この感覚を何度も味わいたくて、この経過を逐一おぼえていようと思った。大丈夫、取り戻せると思ったそのどきに、つむっていた目を開けだ。いきなり、光が目に飛び込んできた。

なんたらきれいだべ。障子越しの日の光がまばゆいまでに美しいと思ったのはそのときが初めてだった。

あふれる光で障子の桟の影が畳に長く伸びて、おらのほうにまで広がっている。光の洪水の中で突如として、自由だ、自由だ。なんでも思い通りにやればいいんだ。内側から押されるような高揚した気分になった。状況が変わった訳でもねし、変わりようもねのに、あの真っ暗な絶望的な気持ちがぱっと明るく開けた。信じられねがった。

おらの驚きが分かりますか。溶け込みなさい、溶け込むんです。あの声をおらは何如（なんじょ）に考えればいいのだろう。

熱を帯びた女の声はいったん止まって、それから静かに、

いるのだすぺ。あるのだすな、と言った。

女は確かめるようにあたりを見回したが、それらしい反応は何もない。

女はなおも話し続ける。

周造が死んだ、死んでしまった。おらのもっとももつらく耐え難いときに、おらの心を鼓舞するものがある。おらがどん底のときに、自由に生きろと内側から励ました。あのとぎ、おらは見つけでしまったのす。喜んでいる、自分の心を。んだ。おらは周造の死を喜んでいる。そういう自分もいる。それが分がった。隠し続けてきた自分の底の心が、ぎりぎりのとぎに浮上したんだなす。不思議なもんだでば、心ってやつは。

愛だの恋だのおらには借り物の言葉だ。そんな言葉で言いたくない。周造は惚れだ男だった。惚れぬいだ男だった。それでも周造の死に一点の喜びがあった。おらは独りで生きでみたがったのす。思い通りに我れの力で生きでみたがった。それがおらだ。おらどいう人間だった。なんと業の深いおらだったか。それでもおらは自分を責めね。責めではなんね。周造とおらは繋がっている。今でも繋がっている。周造はおらを独り生がせるために死んだ。はがらいなんだ。周造のはがらい、それがら、その向ごうに透かして見える大っきなもののはがらい。それが周造の死を受け入れるためにおらが見つけた、意味だのす。

桃子さんは女の言葉を黙って聞いた。聞き終わって大きなあくびをした。頭をぼりぼりと掻いた。

周造がくれた独りのときを無駄にしない、そう思って生きてはきたが、ときどき持ち重りがするよ。独りは寂しさが道連れだよ。

隣の女にそう声をかけようとして言葉を飲み込んだ。

分がんねべな。日々を重ねてはじめて手に入れられる感情がある。それが何より尊いのだと桃子さんは知っている。

気が付けば桃子さんの斜め前を腰をかがめた女が歩いている。桃子さんに似ている女だった。独りがいい、独りでいい、独りは気がそろう。呪文のようにぶつくさ言いながら歩いている。頑ななしかしひたむきな女である。その女がのちの姿だと認めるのには少々勇気がいったが、桃子さんは笑いながら後を追った。

農道がついに途切れた。

ここから先は桃子さんの道行の最後の難関長丁場、霊園に続く山道の両側杉木立のうっそうのだらだらの上り坂を行くのである。

ここまできて足は限界に近付いたよう、ひっきりなしの痛みがあった。おらはへとへとだおん、もはや一歩も歩げねおん、ほれ、この坂を上らねで左に折れで、平坦な道を十五分ほど行けばバス停があるべもん。逃げ場を探す弱気な声もあるにはあったが、なしたべ、おらの心のこの明るさは。逃げ出す気持ちを蹴飛ばして、なお余りあるこのふつふつどたぎるうれしさ。訝しくて不思議で桃子さんは首を傾げた。

行くべし行くべし行がねばなんね、はやる心に押されて重たい一歩を踏み出して、引きずり引きずり二歩三歩。あいやぁ、おらの心は今どうなっているのだべ。ウォーキングハイだべが。んだ、それだでば、いや違う、そんたな単純なものでねど。ついあれこれと我と我が身を探索したい気分になって。おらつくづく重箱の隅をほじくるよなごと好きだおん。半ばため息つきつつ癖に殉じた。そのうち知らない間に坂道の頂上に着いていましたとさ、がほんとは理想なのだども、そううまくはいがね。この頑固な痛みは忘れようとして忘れられねでば。あきらめてまた二歩三歩、三歩五歩、少しずつ坂道を上っていく。

あいやぁ、この痛み、生きでいるがらごそだおん。それでも当面のおらを辟易(へきえき)させるこの痛み、凌駕(りょうが)して余りある究極の安心がおらにはあるど、ほんとうに。それは何かど尋ねるに、つまりはこうだ。おらいつか死ぬだおん。若い頃には考えもしなかった死ぬるなどというごど。まがまがしくて、忌(い)み嫌っていで、できれば目を背けたいど思ってでだったが。

あのどきにおらは分がってしまったのす。死はあっちゃにあるのでなぐ、おらどのすぐそばに息をひそめで待っているのだずごどが。それでもまったぐといっていいほど恐れはねのす。何如(なじょ)って。亭主のいるどころだおん。何如って。待っているがらだおん。おらは今むしろ死に魅せられでいるのだす。どんな痛みも苦しみもそこでいったん回収される。死は恐れでなくて解放なんだなす。これほどの安心ほかにあったべか。安心しておらは前を向ぐ。おらの今は、こわいものなし。なに、この足の痛みなぞ、てしたごどねでば。

心の奥にだだ漏れる話し声に耳を傾け話も出来て、桃子さんは笑う。笑いながらまた次の一歩を踏み出した。

大勢の桃子さんがいる。

大勢の桃子さんは行く。

桃子さんが桃子さんの肩を抱き寄せ、手を引っ張り、背中を押して、前になり後になり、その道中の陽気なこと。

だらだら坂を上ればめざす亭主の墓はすぐそこにあった。

墓所に着いても桃子さんは墓に手を合わせたりなんかしない。墓の隣に寄り添って墓の眺める空を一緒に眺めるだけである。めいめいの桃子さんも思い思いに陣取って、おかっぱの女の子などは墓石の上にちょこんと座って足をぶらぶらさせている。

遠くに海が見える。鏡のような海。その向こうに空がある。空と海の境目ははっきりしない。ただ青い。

思い出したように弁当を広げて、黙々とにぎやかに食べ、帰りはどうしようと考えた。さすがに今日はバスに乗ろう。周造だって、根性なしだの意気地なしだの今日は言うまい。

そう思って、ちらりと横を見る。その途端、赤いものが目の端に飛び込んできた。振り返れば、なんとカラスウリだった。隣のお墓とのわずかな隙間からつるが伸びて塔婆(とうば)に絡まり、その端に枯れて半分ひしゃげたカラスウリがひとつ、風に揺れている。まだ、十分に赤い。あいやぁ、こんなどこさ、なんで。

桃子さんは笑って、ひとしきり笑って、あ。

立ちどころに桃子さんは分かったのである。あの笑いの意味。ひっきりなしにこみあげる笑いの意味。

ただ待つだけでながった。赤に感応する、おらである。まだ戦える。おらはこれがらの人だ。こみあげる笑いはこみあげる意欲だ。まだ、終わっていない。

桃子さんはそう思ってまた笑った。

5

十二月になった。

このあたりの木々もやっと紅葉し始めた。間延びした秋が冬を素通りにして春に突入してしまうようで、冬が冬として物足りない。

この時期桃子さんはいつもそう思う。とはいうものの、頭が求めるものに体はもうついていけないようで北国のきりっと引き締まる冬も恋しいが、今となれば暖かい冬がなによりなのだった。きれいに色づき始めた南天の葉に見とれながら、ともかくも今年も何事もなく無事に過ごせた。この何事もなくというのが年ごとにありがたみが増してくるなどと考え、何につけ明るみを探して静かに頭を下げ、手をすり、はたき、その音に耳を澄ませた。

ところがそう悠長にしておれない事態が生じた。師走半ばの頃だった。突然、めり、という音が背骨のあたりから聴こえた。奇妙な音だった。静かだけれど、はっきりと存在感のある、しいて言えば古布を引き裂くような音だった。それが、断続的に聴こえ始めた。

はじめ自分から発しているとは思えなかった。築四十年、慣れ親しんだこの家のきしみだろうくらいに思って気にしていなかった。このところ毎朝のように家の前のアスファルトに犬の排泄物が落ちていて、不届きな飼い主に腹を立てながら仕方なく片付けて、皐月の根方に埋めようと腰をかがめたちょうどそのとき、めりと例の音が響いて、音の正体に初めて気づいたくらいなのだった。というのも、このところ体の調子が良くて不具合があるとは微塵も思えなかった。

バス停まで小走りに行けた。食欲もあった。桃子さんときたら、夕食時はいつも、ご飯を一膳食べ終えてまだ物足りなく小首を傾げしばし黙考する。しかる後、食べらさるーと頓狂な声を上げて、二膳目に手を出すのだった。この言葉を七十年を隔てた桃子さんの道連れ、ばっちゃがよく言っていた。というか、ばっちゃ以外にこの言い方をする人を知らない。懐かしくも耳に残る言葉なのだ。熱々の二膳目をおいしく食べながらしかし、この食べらさるとは国語的に正しい言い方なのだろうかと考えてしまう。食べらさる、桃子さんが考えるに受け身使役自発、この三態微妙に混淆（こんこう）して使われていて、敢（あ）えて言えば、桃子さんをして自然に食べしめる、とでも言うような、どうしても背後に桃子さんならざる者の存在を感じてしまう言葉の使い方なのだ。暗に見えない誰かを想定しているようで面白い。桃子さんにそうさせるのはいったい誰なのだろう。ひょっとしたら見えない命がそこにあるのか、そのものが桃子さんに食べしめ笑わしめ涙せしめ考えしめ、ここらへんにくるといつも二膳目も空（から）になるので、それ以上の思考は中断してしまうのだが。

　まあそれくらいに桃子さんは元気なのだった。どうも秋の初めの墓参り以来、正体不明の高揚感はずっと続いていて、我知らず浮き立つところがあった。

　あれこれとこだわると、それこそ洗濯機の渦を眺めながら小半日でもぼんやり考えこむ癖のある桃子さんなのだが、ついでにこのところ老いについてもちょっとした発見があった。

声を潜めて言うのだけれど、ひょっとしたら、おら死なないがもしらねというものなのだ。老いどいうのもひとつの文化でながんべか。年をとったらこうなるべき、という暗黙の了解が人を老いぼれさせるのであって、そんな外からの締め付けを気にしてどうする、そんなのを意に介さなければ、案外、おら行くとごろまで行けるがもしれね、と考えたのだ。とはいえそこまでの長命を望んでいるかというと首を傾げる。といって積極的に死にたい理由もない。そこまで厚かましく拘泥しなくても、見られるものはしっかりと見ておきたいぐらいには思っている。それに、老いたら、坂道を転げ落ちるように加速度をつけて老いくたびれるのではなく、ある程度まで現状を維持しつつ、つまり老いがプラトー状態で推移し、あとは一気にがっと下るのではながんべか、ああ、ほでばいいな、ほでばいい、などと桃子さんは考えていた。老いとその先にあるものは、いかな桃子さんであっても全く未知の領分、そして知らないごどが分がるのが一番おもしぇいごどなのであり、これを十分に探究しつつ味わい尽くすのが、この先最も興味津々なことなのだ。

暮れの押し詰まったころ、桃子さんは夢を見た。トキちゃんと共用の暑苦しい四畳半で見た、それ以来の八角山の夢だった。八角山は妙にやせ細って小さかった。相変わらず、めりという例の音は続いている。気にはしていなかった。気にはしていながったどもこの頃では常に音を尋ねるというか、音を静かに聴く気分になっている。そこにきて八角山がこうちっちゃぐ見えた。桃子さんはそれをある兆候と受け止めた。そろそろ来ている。年とともに八角山と寄り添って生きている桃子さんがいる。実のところ、現実の故郷に桃子さんを繋ぎ止めるものはもう何もなくなってしまった。あの懐かしい家はない。

父や母は当然のこと、あの家で肩を寄せ合って暮らしていた家族はもう誰もいない。

それでも八角山だけは変わらずそこにある。

夜の底深く静謐を湛えて星空に沈む八角山の図柄が心に広がるだけで、それだけで胸が熱くなる桃子さんがいる。

いったい八角山とはおらにとってなんだべが。

それは常に桃子さんの傍らに寄り添う問いであった。

桃子さんが悲しみを得たとき、つまりは亭主が死んでしまったあのころ、目に焼き付いた光景がある。落胆のあまりか、あの当時常軌を逸するところがあったので、前後の記憶など定かでないのだ。白昼夢に違いないのだが、真に迫っていてあれはやはり現実に起きたことなのだと、今でもたまに思ったりする。

女たちの長い行列を目にしたのだった。女たちはこの世の人だったのかどうか、皆白装束だった。一列で一定の間隔で誰も何も語らず、ただ黙々と前を見て歩いていた。年老いた女も若い女もいた。女たちの顔が一人一人はっきりと見えた。皆会ったこともない人だった。でもすでに見知った人のような心やすさを感じた。桃子さんは沿道で遠ざかっていく女たちを見送っていた。ほどなく女たちは梯子のような、険しい山道のような処を力強く一歩一歩上っていく。すぐに雲間に隠れて見えなくなってしまうようで、やんた、このまま行がせたくない。ううん、おらも行ぐ。おらも一緒についでいぐ。必死に追いすがったが、どうしても追いつけなかった。

桃子さんはあそこが自分の居場所だと感じた。あそこにしか自分の居場所がないと思った。あの人たちは桃子さんと同じ悲しみを知っている。喪うことの身もだえするような悲しみを知っている。知らない人などいない。知っていて黙して耐えて生きてきた人たちだ。

繋がりたい。あの列に加わりたい。同じ痛みを背負っている人が大勢いるのだ。心強いと感じた。痛みのゆえに前を行く女たちに共感した。

おらばりでね。この悲しみはおらばりでね。だって死は生の隣に口を開けて待っている。皆気づかないだけだ。見て見ないふりをするだけだ。死があれば、喪失の耐えがたい痛みもすぐそこにある。ほんとは、この世界は悲しみに満ちている。知らないとは言わせない。喪失の痛みを知らないものはこれからたっぷりと味わうのだ。そうでなければ、あんたはほんとは誰一人愛さなかった。屈託なく能天気に笑う人に悪罵(あくば)のように、呪詛(じゅそ)のように言葉を投げつけたい桃子さんもいたはずだ。そして誰より自分が傷つく。でも。あの行列があった。桃子さんの先を行く人たちがいる。何度言い聞かせたか。あの行列の末端に今日からおらも連なるのだと。

それにしてもあの女たちはいったい誰なのだろう。どこに行くのだろう。そう思ったとき、桃子さんの答えは一つしかなかった。あの人たちは、八角山のふもとで営々と生きてきた女たちだ。向かうところも八角山なのだ。八角山とはそういう山だった。そしておらも。おらはあそこで生ぎだ女たちの末裔(まつえい)である。もう現実に何のとっかかりも持たない、浮遊した根無し草のようなおらであると思っていた。でも違う。帰る処があった。心の帰属する場所がある。無条件の信頼、絶対の安心がある。八角山へ寄せるこの思い、ほっと息をつき、胸をなでおろすこの心持ちを、もしかしたら信仰というのだろうか。八角山はおらにとって宗教にも匹敵するものなのだろうか。

そうであって、そうでない。

八角山に寄せる思いはゆるぎない。そうだとしても、神だの仏だのそんな言葉は使いたくない。では、なんというか。おめ。おらに対するおめ。必ず二人称で言われなければならないのだ。二つの間に何の隔たりもない。二つの間に介在するものは何もない。何かが介在したとたん、純粋性が失われる。偽物になる。

それにおらが、おめに心を寄せるのは帰る処だという気安さだけでない。

まぶる。

おめはただそこにある。何もしない、ただまぶるだけ。見守るだけ。

それがうれしい。それでおらはおめを信頼する。

おらの生ぎるはおらの裁量に任せられているのだな。

おらはおらの人生を引き受げる。

そして大元でおめに委（ゆだ）ねる。

引き受けること、委ねること。二つの対等で成り立っている、おめとおらだ。いつしか、桃子さんは、八角山と自分とを重ね合わせるようになった。どうも孤独のあまり肥大化した自意識がそう思わせた節がある。

ついに八角山はおらだ、おらは八角山の人としての似姿であると思うに至った。

その八角山が痩せて見えた。

何らかの意味を持って受け止めないわけにはいかないのだ。

桃子さんは年の初めを穏やかに過ごした。いや、外目にはそう見えたとしても、内心は相当慌てていた。唇に血の気が失せた。ときおりよろめいた。じめじめと泣いた。そういう自分に腹を立てた。

覚悟はできているはずだったのに。情けない。亭主を見送って以来、あれはいつも目の端にちらついていたはずだ。でも今思えば、やはり遠くに想定していたのだった。いよいよになればこの体たらく。恥ずかしい。

今は逃げも隠れもなく限りはすぐそこにあるのだ。深く息を吸った。松がとれて新しい年を迎えた興奮も静まり、世間に日々の平凡が戻ったころには、桃子さんも案外落ち着きを取り戻していた。嘆き、怒りの次に桃子さんに現れたのは何とも言えない愉悦であった。まぶしい。みな光り輝いている。何事もここを先途と思えば、何もかも違って見えた。

雨上がりの緑のようにくっきりと色鮮やかに。光だけでない。音が澄み切って聴こえた。

亭主を見送って以来、桃子さんは見えない世界が在ると思ってきた。今見えるもの聴こえるものすべてその証左であるように感じられる。そしておらはその感覚受容体。

水を張った雑巾バケツに映る白い雲、ありがたい。犬の遠吠え、ありがたい。左手人差し指のささくれ。ありがたい。なんだって意味を持って感じられる。それにしても、亭主亡くなって以来、口をついで出るのはそのことばかり。おらの人生は言ってみれば失って得た人生なのだな、失わなければ、何一つ気づけなかった。周造との出会い、ありがたい。周造との別れ、ありがたい。そのときシンクに一滴水の滴る音がして、タッン。実のところ、蛇口のパッキンがいかれていて水がこぼれたのだが。それがほら、周造の返事に聴こえて。おはんも頷いてくれるのだな、ありがたい。口を漱ぎ、髪をくしけずり、姿勢を正して、何やかやと手を合わさずにはいられない。右手に伝わる左手の温かみ、左手が感じる右手の手応え。それがほら、あちら側からの励ましにも受け取れて、桃子さんは深く痛み入る。

時折、肩から背中に差し込むような痛みがあったが、病院に行こうとはつゆも思わなかった。さもない病ならば医者にもかかるが、これはおらをあっちゃに連れていぐ病だと思えば、それはそれ、おらにも覚悟どいうものがある。周造の病に気づけず、一度も医者にかからせずに見送ってしまった。周造へのせめてもの義理立て、それがけじめであると桃子さんは頑なだった。今、痛みはわずかな間で体にはほかに特に目立った変化は見られなかった。澄み切った緊張感が桃子さんを支えていた。

明日は立春という晩、桃子さんもわずかばかりの豆を用意した。独り暮らしであっても、季節ごとの行事は疎かにしない。とはいっても、片付ける手間を厭うてテーブルに形ばかり撒くだけ。撒くのは汚れても平気な南京豆。

声だけ張り上げて、福は内、鬼は外。

静かだった。拾った南京豆に爪を立てる。割れる音がやけに大きく耳に響いて桃子さんは薄く笑った。周りを見渡した。四人でテーブルを囲んだころの賑わいが思い起こされた。

正司だったか、直美だったか、幼稚園で教わってきて、鬼は外、福は内、パラッパラ、パラッパラ豆の音、鬼はこっそり逃げていく。そんな歌を歌って四人で笑った。今その歌をひとりしゃがれ声で口の端に載せた。目じりに浮かんだ涙を毛嫌いして、桃子さんは一声大きく奇声を上げた。感傷などというものが寸分も入り込む余地がないように。だいたいそったなものにはもう十分にけりをつけたはずだ。おらの命の行く末に涙などいらね。金輪際いらね。

遠くを見やった。

次に桃子さんの口から飛び出したのは突拍子もないことだった。

マンモスの肉はくらったが。うめがったが

桃子さんは確かにそう叫んだ。吠えるような大声を出したら、案外落ち着いたようで、それからは手元の南京豆をいじくりながら言葉をかみしめるようにゆっくりとしゃべりだした。

歩いだんだべな、歩いだんだべ

寒がったべ。暑がったべ。腹も減っていだべな。てへんだったたな

アフリカを出たのは他の人がたに追い立てられて行き場を失ったからなのが、

獣を追って知らず知らず元の地を離れてしまったが、それとも東に夢を見だのが
灼熱(しゃくねつ)の砂漠を歩いだべ
遠くヒマラヤを横目に見だのが
凍(い)てつくシベリアを歩いで来たのが
暗闇におびえたが、ひもじさに泣いだが、飢えに倒れだが
倒れたところが墓場になったが
その屍(しかばね)を乗り越えてまた歩いだが
長い夜、星空に涙したが、遠くの星と星をつないで物語を紡いだが
かがり火のそばで足を踏み鳴らして踊ったのが
日の出に勇気をもらったが
一度でもいい目をみたが、笑ったが
早くに親に死なれたが、かわいい子供に先立たれたが
いい男を見つけたが、好きでもない男に抱かれだが

人を殺したが、殺されだのが
欺いたが、出し抜かれだが、無念の涙を流したが、してやったりの笑顔を見せだが、怒りに震えだが、いろんな時があったべな
津軽海峡は歩いで渡ったのが
それとも草の船を漕いで南からやってきたのが
どこさ行っても悲しみも喜びも怒りも絶望もなにもかにもついでまわった、んだべ
それでも、まだ次の一歩を踏み出した
ああ鳥肌が立つ。ため息が出る
すごい、すごい、おめはんだちはすごい。おらどはすごい
生ぎで死んで生ぎで死んで生ぎで死んで生ぎで死んで生ぎで死んで生ぎで
気の遠ぐなるような長い時間を
つないでつないでつないでつないでつないでつないでつなぎにつないで
今、おらがいる

そうまでしてつながっただいじな命だ、奇跡のような命だ
おらはちゃんとに生ぎだべが

桃子さんはさんざんいじくりまわした南京豆を口に放り込んで、かみしめた。かみしめながら、またしゃべりだした。

おらは後悔はしてねのす。見るだけ眺めるだけの人生に
それもおもしぇがった。おらに似合いの生き方だった
んでも、なしてだろう。ここに至って
おらは人とつながりたい、たわいない話がしたい。ほんとうの話もしたい
ああそうが、おらは、人恋しいのが
話し相手は生きている人に限らない。大見得を切っていだくせに
伝えって。おらがずっと考えてきたごどを話してみって
まだこの国に災厄(さいやく)が迫っている気がするも、どうしてもするも

伝えねばわがね。それでほんとにおらが引き受けたおらの人生が完結するの
でねべが
んだどもおら、南京豆に爪を立てるほどの

桃子さんはわっと泣き出した。あれほど嫌った涙を今度はぬぐいもせずただ泣きに泣いた。涙と鼻水と、こなれた南京豆の混じったよだれでぐしゃぐしゃになりながら、赤子のように桃子さんは泣いた。

三月三日の昼下がり、だいぶ春めいてきた。

さすがにひな壇に飾ってということはしないが、桃子さんは部屋の四隅に、長い間手元にあって鼻が欠けた市松人形だの、片羽根が取れたキューピーだの、よく今まで持ちこたえたというようなセルロイドのペラペラの人形など、どれもこれも懐かしい年代物の人形を飾った。小さい頃、ばっちゃがしてくれたように今日は人形のお振舞(ふるめ)なのだ。小豆(あずき)を煮て汁粉を作り、青菜のおひたしとこ

れも桃子さんお手製の金柑（きんかん）の甘露煮（かんろに）と一緒に小さなお膳に載せてお供えした。おあげんせ、さ、さ、どうぞ、おあげっておぐれんせ。
桃子さんの声に天井からばっちゃの声もかぶさって聴こえて、
あや、ばっちゃいだのが、と声を掛けた。困った顔をして、
おらのごど迎えさ、来たのが、
もちょっと待ってけろ。小さな声でさらに呟いて、
あのな、ばっちゃ、おら、死に焦がれているのだべが。いついつとも知らないものを待ちくたびれて、この頃はばっちゃ早ぐ来てど、そう思うどぎもあるんだ。ううん、違う。おらはまだ……

「おばあちゃん、だれと話しているの」

背後の声に驚いて振り返れば、

「あいやぁ、さやちゃん。どしたの。えっ、ひとりで来たのが」

「バスで来たの」

「お母さんは知ってるのが」
矢継ぎ早に聞く桃子さんに
「だいじょうぶだよ、四月から三年生だよ、一人で来れるもん」
この前、それがいつだったかはすぐには思い出せないけれど、そのときより
ずっと自信に満ちたさやかだった。大きくなった。背恰好もそうだけれど、な
により目が違う。驚いた桃子さんに腕のもげそうな人形を差し出して、
「おばあちゃん、このお人形直して、ママがおばあちゃんなら直せるって言っ
たよ」
あどけなさも残っていて、その微妙な混淆が懐かしくてかわいらしい。
「ほら、ここ持ってで」
裁縫箱を広げてさやかと手を重ねて、人形のほころびを直している自分が不
思議で、桃子さんはそういえばずっと昔にもこういうことがあったと思い、あ
のときばっちゃは幸せだったんだと思った。
「おばあちゃん、さっきだれと話してたの」

「この部屋には、おおぜいの人がいるの。さやちゃんやおばあちゃんだけでなぐ、ほら、ここにもここにも見えないけれどいるんだよ。見えない人もいるんだよ。耳を澄ませば声は聴こえる。その人たちと話していだった」

まっすぐな目が桃子さんを見て、

「こわくないの」

「何にも。みなまぶってでくれる。まぶるというのは……」

「知ってる。見守るってことだよね」

「あいやぁ、さやちゃんおべでるの」

「おべでるおべでる。だっておじいちゃんがお兄ちゃんとさやかのことまぶっているって、ママいつも言ってるよ」

「あのね。うちのママ、コーフンすると東北弁になるんだよ。勉強さねばわがんねぇって」

「どうしたの、おばあちゃんどうして泣いてるの」

答える代わりにさやかの柔らかい髪の毛に指を入れてガシガシと撫でた。少し汗ばんであったかい。くすぐったいてば。身をよじるさやかの甘いミルクのにおいがした。

「さやちゃん、この人形に新しい服作ってやるべが」

「作るべし作るべし」

今度は桃子さんも声を立てて笑って、

「さやちゃん、端切れが入っているから、二階の箪笥の上の黄色い箱取ってきてくれるが」

言うより早くさやかは駆け出していく。階段を踏みしめる軽やかな足音が耳に心地いい。

「おばあちゃん、窓開けるね」

「あ」

「おばあちゃん、来て来て早く」

「はあい」

桃子さんは笑ったままゆっくりと立ち上がった。

「今、行くがら待ってでけで」

「春の匂いだよ。早くってば」

解説

町田　康

たいへんに愚なことをしでかしてしまい、人に、「貴様はなにゆえにあのような愚なことをしたのか。その理由を述べよ。文字数はどれだけ長くなっても構わない」と言われた。そこで、その愚なことをしでかした理由を考えたが、いくら考えても、まったく理由がわからない。というか、あるところにくると急に考えが進まなくなり、気がつくとよそ事を考えている。それで慌てて、本道・本筋に戻ろうとするのだけれども、何度やっても同じこと、そこに至るや、なぜか靄がかかったようになってしまって、どうしてもそこから先に進めない。

なんてことが人間にはよくある。

なんでそんなことになるかというと、そこから先に考えを進めると、自分が非常にアホであったり、非常に極悪であったりすることがわかってしまい、それが自分としては非常に辛く、苦しいことだからである。

そしてそこに考えがいたってしまったことにより生じる苦しみは激甚でそれによって人がぶち壊れてしまうことがままある。というのは自決したり、発狂したりするということである。そこでそれを防止するため、そこに考えがいたりそうになると、考えが急に遮断される、いわば漏電遮断器のようなものが人間には予め埋め込まれており、危なくなるとこれが作動して考えが先に進まなくなり、安全を確保するのである。

けれども、愚かなことをしでかした本当の理由は、その先にあるので、考えても考えてもそこにたどり着けず、詮ないことを考え続けるうちに、次第に考えることに倦み、気晴らしにスロットを打ったり、アフタヌーンティーを楽しんだりしてしまって、そのことを忘れ、また同じような愚行を繰り返してしまう。

あかんやないかい。

と思うとき、大変に有効なのが、言葉、文章ってやつで、これを駆使して、本当の考えにいたる手前で、愚かなことをした、それらしい理由をでっちあげることができる。

これは実に素晴らしいことで、人が、「なにゆえあのような愚なことをしたのか」と問うのは、それに対して納得のいく説明がない場合、苛々してしまうからで、その苛々する人の溜飲を下げる役割を果たす。

これに熟達して商売にしたのが小説家という御連中で、

「なんであんなことしたんじゃい」

「実は……」

「実はなんじゃい」

「あいつは親の仇だったんですう」

「マジかー。ほんだら熱々のパスタ、頭からかけてもしゃあないのお」

って具合に、言葉、文章を用い、道理とかそんなものを拵え、その範囲内ということは、サーキットブレーカー手前で回路をつないで、人々の心に明るい光を灯す。

　よかったあ、よかったあ。考えの漏電から齎(もたら)される発狂や自死から私たちは救われた。楽しいなあ、うれしいなあ。てなものであるが、けれどもその回路は愚行の根拠とはつながっていないし、その弊害も自他に及び続けるから、実はこれはまやかしにすぎない。

　ということは小説家も訣(わか)っているから、なんとかしてその先に回路をつなごうとする。しかしなかなかできず、過酷を避け、そのときどきの道理・道義を急造してこれを避けてしまう。しかもそれがなかなかに複雑で精妙であり、また美しかったりするので、「まあ、これはこれでよいのかも知らん」と思ったり、その複雑精妙や美、それ自体が目的となってしまう。

　しかしそうなるのはなにも小説家が腐敗堕落しているからではなく、一には、文章というものはその性質上、どうしても首尾一貫して、しょうむないにしろ、ちゃんとしてるにしろ道理を作ってしまうからで、二には、そこから先に進むと自分が崩壊してしまうのだけれども、さっきから言ってるとおり人間に自壊を防止しようとする装置が埋め込まれているからである。

「いっやー、右腕、切断したら気持ちよかったわー。ぎょうさん血ぃ出たけど」とか、「どうする、飯行く？　それとも屋上から飛び降りる？　どっちでもええよ」とならないのはそのためである。

だから『おらおらでひとりいぐも』を読んだときは驚いた。

誰もいかない、その漏電ブレーカーの先、人間がそれを突き詰めて考えてしまったら短絡してしまう、すなわち頭がおかしくなってしまう領域に入っていって、その一部始終を文章で表現していたからである。

では通路は、あの世に繋がる通路は桃子さん自身の中にあるというのか、そこまで考えて、桃子さんはのどの奥でひゃっひゃと声にならない声をあげて笑う。何如(なんじょ)たっていい。もはや何如たっていい。もう迷わない。この世の流儀はおらがつぐる。

もう今までの自分では信用できない。おらの思っても見ながった世界がある。そごさ、行ってみって。おら、いぐも。おらおらで、ひとりいぐも。

というのは、愛する人を失い、悲しみの極みにある桃子さんが、その悲しみによって、亡くなった人の声をありありと聞き、しかし、普通に考えれば、亡くなった人が話すはずがなく、驚き惑った挙げ句、これをどのようにとらえたらよいのかを考え、真理や道理はどうでもよい、自らにのみ従う、と覚醒するシーンである。

ここであの世に繋がる通路、というのは、右に言った人間の、立ち入ったら自壊するかも知れない、しかしそこに行かないと、自分がなぜこのように在るのか、というのが訣らない領域の話で、この小説はときに躊躇して立ち止まりながらも、桃子さんがその領域に、ひとりいぐ、小説で、何回も同じことを言って申し訳ないが、ここに行って生きて戻った人はほとんどおらない。

ではなぜこの小説の作者、若竹千佐子にはそれができたのか。

ひとつは、こんなことは説明にもなににもなっていないが、気合い、であると思う。例えば。

このまま前に進めるだろうか、引き返そうか。振り返ると、今降りてきた階段が尚更高い壁になって目の前にある。（中略）やはり引き返そうか。やんた。強く遮るものがある。やんたじゃい。

行くでば。行がねばなんね。

というのは足を痛めた桃子さんが拾った棒切れを杖について遠い道を降っていくシーンだが、このとき何度も逡巡し、迷いつつ、先へ進むその力の源は、理屈や道理を超えた、やたけたのパワー、であり、気合いである。たあああああっ。

といったものは普通、持続しないものだが、この作者は持続する気合いを生来、気質として持っているようで、だからこそこの傑作を書くことができたのである。

というとしかし、体力に任せて、乗り一発で、こんなことができるのか。「小説なんてものはなあ、結局のところはなあ、気合いなんだよ」と嘯いて、浄衣をまとって滝に打たれ、えげつない水圧に耐えながら、合掌して口述筆記をする。敢えて骨折し、激烈な痛みに耐えながら執筆する。俗界との交わりを断って、断食などにより毒素を排出し、完全な状態の自分となって執筆に向き合う。などすればできるのか。

というとそんなことはまったくなく、この小説では慎重な配慮がすみずみまで行き渡っていて、横溢する気合いと同時に作者の緻密な計算が働いていることがわかる。

というのは例えば、右に引用した部分にも見られる、国言葉、方言の導入で、それは、それを標準的な言葉の意味から少しだけ浮き上がる音として響かせることによって、どうしたって首尾一貫してしまう文章が、道理を発生させてテしまうことを防止する効果を生む、と同時に、桃子さんが意思して獲得した人格と、それをするために捨てたはずの自分、という二重性も描いていて、単に、書きやすさ、筆の滑りやすさ、調子のよさ、だけを目的としない。

人間は、なんで自分がそんなことをしたのか、わからない。わかろうとすると自壊する。そしてそれは、なんで自分は生きているのか、ということと同じで、アホみたいな話だが、なんで死ぬのか、なんで死ぬのが悲しいのか、なんでかくも苦しいのか、なんでかくも悲しいのか、寂しいのか、ということと同じである。

しかしそれはいくら考えても考え尽くせない。日なたでボロ布にくるまって、でも考えていると、知っているような知らないような、半知りの人が来て、「しょうむないこと考えてんと働け、ド阿呆っ」と言う。その人の顔を見るとまるで働き者のような顔をしている。なので働いたらそんなことは思わなくなるのかと思って、真っ黒になって働いた。なるほど働いている最中はあまり苦しくない。けれども気がつくと必ず同じところに戻っている。背広を着ていようが、女装していようが関係ない。

それだから桃子さんは小説の登場人物ではない。間違いなく、老いと孤独、確立したはずの個の脆さに戸惑い、途方に暮れている私自身である。

だから私は足の痛みに耐え、覚醒と惑乱を繰り返しながら言葉の中を行進していく桃子さんにひきつけられ、そして勇気づけられた。

といってなにかがすっきりと解決したわけでなく、気がつくと同じ回路にいる。けれども私たちはまた戻っていく。また戻ってくる。どこへ。知るかあ、ボケ。言葉を喚き散らしながら繰り返していくんじゃボケ。と私はこの小説を読んでそんな気持ちになったのであーる。

（作家）

＊　本書は二〇一七年十一月に小社より単行本として刊行されたものです。

本文イラスト　小幡彩貴

おらおらでひとりいぐも

二〇二〇年 六 月二〇日 初版発行
二〇二〇年 九 月三〇日 3刷発行

著 者 若竹千佐子（わかたけちさこ）
発行者 小野寺優
発行所 株式会社河出書房新社
〒一五一－〇〇五一
東京都渋谷区千駄ヶ谷二－三二－二
電話〇三－三四〇四－八六一一（編集）
〇三－三四〇四－一二〇一（営業）
http://www.kawade.co.jp/

ロゴ・表紙デザイン 粟津潔
本文フォーマット 佐々木暁
本文組版 KAWADE DTP WORKS
印刷・製本 中央精版印刷株式会社

Printed in Japan ISBN978-4-309-41754-7

邪宗門　上・下

高橋和巳　41309-9　41310-5

戦時下の弾圧で壊滅し、戦後復活し急進化した“教団”。その興亡を壮大なスケールで描く、39歳で早逝した天才作家による伝説の巨篇。今もあまたの読書人が絶賛する永遠の“必読書”！　解説：佐藤優。

憂鬱なる党派　上・下

高橋和巳　41466-9　41467-6

内田樹氏、小池真理子氏推薦。三十九歳で早逝した天才作家のあの名作がついに甦る……大学を出て七年、西村は、かつて革命の理念のもと激動の日々をともにした旧友たちを訪ねる。全読書人に贈る必読書！

わが解体

高橋和巳　41526-0

早逝した天才作家が、全共闘運動と自己の在り方を“わが内なる告発”として追求した最後の長編エッセイ、母の祈りにみちた死にいたる闘病の記など、“思想的遺書”とも言うべき一冊。赤坂真理氏推薦。

日本の悪霊

高橋和巳　41538-3

特攻隊の生き残りの刑事・落合は、強盗容疑者・村瀬を調べ始める。八年前の火炎瓶闘争にもかかわった村瀬の過去を探る刑事の胸に、いつしか奇妙な共感が……“罪と罰”の根源を問う、天才作家の代表長篇！

我が心は石にあらず

高橋和巳　41556-7

会社のエリートで組合のリーダーだが、一方で妻子ある身で不毛な愛を続ける信藤。運動が緊迫するなか、女が妊娠し……五十年前の高度経済成長と政治の時代のなか、志の可能性を問う高橋文学の金字塔！

33年後のなんとなく、クリスタル

田中康夫　大澤真幸／なかにし礼〔解説〕　41617-5

一九八〇年に大学生だった彼女たちは、いま五〇代になった。あの名作『なんクリ』の主人公のモデル女性に再会したヤスオは、恋に落ちる……四百三十八の“註”＋書き下ろし「ひとつの新たな長い註」。

蝶々の纏足

山田詠美　40199-7

少女から女へと華麗な変身をとげる美しくも多感な蝶たちの青春。少年ではなく男を愛することで、美しい女友達の枷から逃れようとする心の道筋を詩的文体で描く。第九十六回芥川賞候補作品。

ジェシーの背骨

山田詠美　40200-0

恋愛のプロフェッショナル、ココが愛したリック。彼を愛しながらもその息子、ジェシーとの共同生活を通して描いた激しくも優しいトライアングル・ラブ・ストーリー。第九十五回芥川賞候補作品。

四万十川　第1部　あつよしの夏

笹山久三　40295-6

貧しくも温かな家族に見守られて育つ少年・篤義。その夏、彼は小猫の生命を救い、同級の女の子をいじめから守るために立ちあがった……。みずみずしい抒情の中に人間の絆を問う、第二十四回文藝賞受賞作。

野ばら

長野まゆみ　40346-5

少年の夢が匂う、白い野ばら咲く庭。そこには銀色と黒蜜糖という二匹の美しい猫がすんでいた。その猫たちと同じ名前を持つ二人の少年をめぐって繰り広げられる、真夏の夜のフェアリー・テール。

三日月少年漂流記

長野まゆみ　40357-1

博物館に展示されていた三日月少年が消えた。精巧な自動人形は盗まれたのか、自ら逃亡したのか？　三日月少年を探しに始発電車に乗り込んだ水蓮と銅貨の不思議な冒険を描く、幻の文庫オリジナル作品。

夜啼く鳥は夢を見た

長野まゆみ　40371-7

子供たちが沈んでいる、と云われる美しい沼のほとりに建つ一軒の家。そこで祖母と二人きりで暮らしている従兄の草一を、紅於と頬白鳥の兄弟が訪れる。沼の底へ消えた少年たちの愛を描く水紅色の物語。

魚たちの離宮

長野まゆみ　40379-3

夏のはじめから寝ついている友人の夏宿を、市郎は見舞いに訪れた。夏宿を愛する弟の弥彦。謎のピアノ教師・諒。盂蘭盆の四日間、幽霊が出ると噂される古い屋敷にさまよう魂と少年たちとの交感を描く。

カンパネルラ

長野まゆみ　40395-3

「兄さん、あの署名、——あれはどう云う意味。自分の名前を記せばいゝのに」。緑に深く埋もれた祖父の家で、ひとり療養する兄の夏織。気怠い夏の空気の中、弟の柊一は兄の隠れ処を探して川を遡っていく。

テレヴィジョン・シティ

長野まゆみ　41448-5

《鐶（わ）の星》の巨大なビルディングで生きるアナナスとイーイー。父と母が住む《碧い星》への帰還を夢み、出口を求めて迷路をひた走る二人に、脱出の道はあるのか？……ＳＦ巨篇を一冊で待望の復刊！

青春デンデケデケデケ

芦原すなお　40352-6

一九六五年の夏休み、ラジオから流れるベンチャーズのギターがぼくを変えた。“やーっぱりロックでなけらいかん”——誰もが通過する青春の輝かしい季節を描いた痛快小説。文藝賞・直木賞受賞。映画化原作。

ロスト・ストーリー

伊藤たかみ　40824-8

ある朝彼女は出て行った。自らの「失くした物語」をとり戻すために——。僕と兄と兄のかつての恋人ナオミの三人暮らしに変化が訪れた。過去と現実が交錯する、芥川賞作家による初長篇にして代表作。

最後の吐息

星野智幸　40767-8

蜜の雨が降っている、雨は蜜の涙を流してる——ある作家が死んだことを新聞で知った真楠は恋人にあてて手紙を書く。鮮烈な色・熱・香が奏でる恍惚と陶酔の世界。第三十四回文藝賞受賞作。

呪文

星野智幸　41632-8

寂れゆく商店街に現れた若きリーダー図領は旧態依然とした商店街の改革に着手した。実行力のある彼の言葉に人々は熱狂し、街は活気を帯びる。希望に溢れた未来に誰もが喜ばずにはいられなかったが……。

二匹

鹿島田真希　40774-6

明と純一は落ちこぼれ男子高校生。何もできないがゆえに人気者の純一に明はやがて、聖痕を見出すようになるが……。〈聖なる愚か者〉を描き衝撃を与えた、三島賞作家によるデビュー作＆第三十五回文藝賞受賞作。

一人の哀しみは世界の終わりに匹敵する

鹿島田真希　41177-4

「天・地・チョコレート」「この世の果てでのキャンプ」「エデンの娼婦」――楽園を追われた子供たちが辿る魂の放浪とは？　津島佑子氏絶賛の奇蹟をめぐる５つの聖なる愚者の物語。

冥土めぐり

鹿島田真希　41338-9

裕福だった過去に執着する傲慢な母と弟。彼らから逃れ結婚した奈津子だが、夫が不治の病になってしまう。だがそれは、奇跡のような幸運だった。車椅子の夫とたどる失われた過去への旅を描く芥川賞受賞作。

夢を与える

綿矢りさ　41178-1

その時、私の人生が崩れていく爆音が聞こえた――チャイルドモデルだった美しい少女・夕子。彼女は、母の念願通り大手事務所に入り、ついにブレイクするのだが。夕子の栄光と失墜の果てを描く初の長編。

憤死

綿矢りさ　41354-9

自殺未遂したと噂される女友達の見舞いに行き、思わぬ恋の顚末を聞く表題作や「トイレの懺悔室」など、四つの世にも奇妙な物語。「ほとんど私の理想そのものの「怖い話」なのである。――森見登美彦氏」

リレキショ

中村航　40759-3

“姉さん”に拾われて“半沢良”になった僕。ある日届いた一通の招待状をきっかけに、いつもと少しだけ違う世界がひっそりと動き出す。第三十九回文藝賞受賞作。

夏休み

中村航　40801-9

吉田くんの家出がきっかけで訪れた二組のカップルの危機。僕らのひと夏の旅が辿り着いた場所は——キュートで爽やか、じんわり心にしみる物語。『100回泣くこと』の著者による超人気作。

不思議の国の男子

羽田圭介　41074-6

年上の彼女を追いかけて、おれは恋の穴に落っこちた……高一の遠藤と高三の彼女のゆがんだＳＳ関係の行方は？　恋もギターもＳＥＸも、ぜーんぶ“エアー”な男子の純愛を描く、各紙誌絶賛の青春小説！

黒冷水

羽田圭介　40765-4

兄の部屋を偏執的にアサる弟と、執拗に監視・報復する兄。出口を失い暴走する憎悪の「黒冷水」。兄弟間の果てしない確執に終わりはあるのか？当時史上最年少十七歳・第四十回文藝賞受賞作！

隠し事

羽田圭介　41437-9

すべての女は男の携帯を見ている。男は…女の携帯を覗いてはいけない！盗み見から生まれた小さな疑いが、さらなる疑いを呼んで行く。話題の芥川賞作家による、家庭内ストーキング小説。

西域

羽田明／山田信夫〔編〕　47169-3

砂漠と「さまよえる湖」の中央アジアで、東西交流の道シルクロードをめぐりながら、砂漠に消えたオアシス国家をさぐり、その抗争・興亡の歴史に迫る。世界史の空白を初めて埋めた西域の画期的通史。

野川

長野まゆみ　41286-3

もしも鳩のように飛べたなら……転校生が出会った変わり者の教師と伝書鳩を育てる仲間たち。少年は、飛べない鳩のコマメと一緒に“心の目”で空を飛べるのか？　読書感想文コンクール課題図書の名作！

人のセックスを笑うな

山崎ナオコーラ　40814-9

十九歳のオレと三十九歳のユリ。恋とも愛ともつかぬいとしさが、オレを駆り立てた——「思わず嫉妬したくなる程の才能」と選考委員に絶賛された、せつなさ百パーセントの恋愛小説。第四十一回文藝賞受賞作。映画化。

カツラ美容室別室

山崎ナオコーラ　41044-9

こんな感じは、恋の始まりに似ている。しかし、きっと、実際は違う——カツラをかぶった店長・桂孝蔵の美容院で出会った、淳之介とエリの恋と友情、そして様々な人々の交流を描く、各紙誌絶賛の話題作。

ニキの屈辱

山崎ナオコーラ　41296-2

憧れの人気写真家ニキのアシスタントになったオレ。だが一歳下の傲慢な彼女に、公私ともに振り回されて……格差恋愛に揺れる二人を描く、『人のセックスを笑うな』以来の恋愛小説。西加奈子さん推薦！

やさしいため息

青山七恵　41078-4

四年ぶりに再会した弟が綴るのは、嘘と事実が入り交じった私の観察日記。ベストセラー『ひとり日和』で芥川賞を受賞した著者が描く、ＯＬのやさしい孤独。磯﨑憲一郎氏との特別対談収録。

風

青山七恵　41524-6

姉妹が奏でる究極の愛憎、十五年来の友人が育んだ友情の果て、決して踊らない優子、そして旅行を終えて帰ってくると、わたしの家は消えていた……疾走する「生」が紡ぎ出す、とても特別な「関係」の物語。

平成マシンガンズ

三並夏　41250-4

逃げた母親、横暴な父親と愛人、そして戦場のような中学校……逃げ場のないあたしの夢には、死神が降臨する。そいつに「撃ってみろ」とマシンガンを渡されて⁉　史上最年少十五歳の文藝賞受賞作。

肝心の子供／眼と太陽

磯﨑憲一郎　41066-1

人間ブッダから始まる三世代を描いた衝撃のデビュー作「肝心の子供」と、芥川賞候補作「眼と太陽」に加え、保坂和志氏との対談を収録。芥川賞作家・磯﨑憲一郎の誕生の瞬間がこの一冊に！

世紀の発見

磯﨑憲一郎　41151-4

幼少の頃に見た対岸を走る「黒くて巨大な機関車」、「マグロのような大きさの鯉」、そしてある日を境に消えてしまった友人A——芥川賞＆ドゥマゴ文学賞作家が小説に内在する無限の可能性を示した傑作！

犬はいつも足元にいて

大森兄弟　41243-6

離婚した父親が残していった黒い犬。僕につきまとう同級生のサダ……やっかいな中学生活を送る僕は時折、犬と秘密の場所に行った。そこには悪臭を放つ得体の知れない肉が埋まっていて⁉　文藝賞受賞作。

おしかくさま

谷川直子　41333-4

おしかくさまという“お金の神様”を信じる女たちに出会った、四十九歳のミナミ。バツイチ・子供なしの先行き不安な彼女は、その正体を追うが⁉　現代日本のお金信仰を問う、話題の文藝賞受賞作。

青が破れる

町屋良平　41664-9

その冬、おれの身近で三人の大切なひとが死んだ——究極のボクシング小説にして、第五十三回文藝賞受賞のデビュー作。尾崎世界観氏との対談、マキヒロチ氏によるマンガ「青が破れる」を併録。

著訳者名の後の数字はISBNコードです。頭に「978-4-309」を付け、お近くの書店にてご注文下さい。